KB123965

무림세가
전생랭커

무림세가 전생랭커 13

2022년 10월 18일 초판 1쇄 인쇄
2022년 10월 21일 초판 1쇄 발행

지은이 산보
발행인 김정수 강준규

기획 이기헌 왕소현 박경무 강민구
책임편집 천기덕
마케팅지원 이원선

발행처 (주)로크미디어
출판등록 2003년 3월 24일
주소 서울시 마포구 마포대로 45 일진빌딩 6층
Tel (02)3273-5135 **편집** 070-7863-0307 **Fax** (02)3273-5134
홈페이지 rokmedia.com **E-mail** rokmedia@empas.com

ⓒ 산보, 2021

값 8,000원

ISBN 979-11-408-0223-4 (13권)
ISBN 979-11-354-9773-5 04810 (세트)

차례

1장	7
2장	47
3장	87
4장	141
5장	193
6장	259
7장	285

1장

피 튀기는 혈투가 치러지던 와중이었지만.

싸아…….

전장에 고요가 감돌고 있었다.

자신의 상식을 벗어난 압도적인 광경을 목도한 인간은 말이 사라지는 법이었다.

갑작스레 등장한 유신운의 모습은 죄진 자들을 징벌(懲罰)하기 위해 현신한 뇌신(雷神) 그 자체였다.

피아(彼我)를 떠나 그저 충격과 공포에 물들어 있던 전장의 무인들은.

-그르르.

산산이 쪼개진 구름 속에서 본 드래곤의 거친 울음소리에 겨우 제정신을 차렸다.

"무, 물러서지 마라!"

"멈추지 말고 화살을 쏴!"

감령주의 간부들이 수하들에게 악다구니를 썼지만, 이미 그 위용에 압도당한 수하들에게는 공허한 외침으로 들려올 뿐이었다.

"와아아-!"

"가주님이 우리를 구하러 오셨다!"

"이 개자식들아! 너희는 끝이다!"

반대로 백운세가의 진영은 축제 분위기로 바뀌었다.

쏟아지는 정령시와 백안귀(白眼鬼)들에 겁먹었던 무사들은 언제 그랬냐는 듯 사기가 하늘을 찌를 듯 상승했다.

'등장만으로 전장의 분위기를 바꾸다니…….'

그 모습을 게슴츠레 뜬 눈으로 지켜보던 폭벽자의 눈빛에 는 호기심이 어려 있었다.

그리고 순간, 강호에서 유일하게 친우(親友)라 할 수 있는 호철당의 노괴 백이랑과의 대화가 머릿속을 스쳤다.

-그따위 어린 녀석에게 우리 평생의 복수를 맡기자는 것 이 말이나 되는 일이냐!

-……만나 보면 생각이 달라질걸.

이곳에 출발하기 전, 귀가 따갑도록 들었던 유신운의 실력이 과장이 아니었음을.

아니, 오히려 그녀조차 진정한 실력을 가늠조차 하지 못하고 있었음을 깨달았다.

폭벽자는 유신운을 지켜보던 두 눈에 내기를 집중했다.

하지만 무슨 이유에선가 이내 허탈한 표정으로 헛숨을 토해 냈다.

'완벽하게 갈무리된 기운이다. 나조차 어느 정도의 경지인지 짐작조차 할 수 없다니······.'

폭벽자의 표정이 뭔가 미묘해졌다.

혹시 이 녀석이라면······.

그의 속내에서 수많은 생각이 떠오르던 그때.

폭벽자는 획하고 시선을 거두고는 덕광에게 말을 꺼냈다.

"흥! 이제 저놈이 알아서 다 쓸어버리겠군. 이봐, 땡중."

"예, 옙."

"네 주인 놈에게 곧 내가 찾아가겠다고 이르거라."

"아, 알겠습니다!"

덕광은 폭벽자가 떠나는 것에 아쉬움이 남은 표정이었지만, 붙잡지는 않았다.

상대가 한번 정한 뜻을 거스르는 것을 가장 싫어한다는 것을 알았기 때문이었다.

스아아!

파바밧!

왜선에서 뛰어내린 폭벽자는 다시금 수상비를 펼치며 순식간에 전장에서 이탈했다.

그 모습에 감령주를 노려보던 유신운의 시선이 잠시나마 그를 향했다.

'……저 노인은?'

의문은 금세 해결되었다.

왜선 곳곳에 남아 있는 폭발의 흔적들로 유신운은 노인의 정체를 쉽게 짐작할 수 있었던 것이다.

앞으로 펼쳐질 대전쟁에 탐나는 존재였지만.

'당장 저자에게 신경 쓸 겨를은 없겠군.'

유신운이 그렇게 단념하는 찰나.

쐐애액!

파아앗!

증폭된 오감을 뚫고 미세하게 들려오는 파공성을 유신운은 놓치지 않았다.

유신운은 조화신기를 두른 한 손을 자신의 얼굴 앞에 들었다.

처척!

주먹 쥔 그의 손에서 기운의 파편이 부서져 내리고 있었다.

유신운의 이마를 노리고 쏜 감령주의 무형무색(無形無色)의 정령시 한 발이었다.

"칫!"

그때, 본 드래곤을 올려다보던 감령주가 아쉽다는 듯 혀를 찼다.

'정령시로군.'

자신의 손안에서 흩어지는 정령의 기운을 유신운은 한눈에 알아보았다.

감령주를 바라보던 유신운의 눈이 그녀의 등 뒤를 향했다.

정령의 기운이 검은 아지랑이처럼 피어올라 있었다.

"아직 제대로 현신하지 않았지만 최소 '정령왕'이겠군."

전생에서 현신한 정령왕을 되돌리기 위해서는 군대에 버금가는 병력이 필요할 정도로 까다로운 상대였지만…….

'뭐야, 저 눈은?'

감령주가 자신을 향하는 유신운의 기묘한 눈빛에 몸을 부르르 떨었다.

새로운 칠재앙을 바라보는 유신운의 표정은 먹음직스러운 먹잇감을 바라보는 포식자의 그것과 별반 다르지 않았다.

"자 그럼 시작해 볼까."

한마디를 내뱉은 유신운은 본 드래곤의 등 위에서 풀쩍 뛰어내렸다.

스아아!

빠른 속도로 수직 낙하하는 유신운을 바라보는 왜구들과

정검맹의 무사들이 긴장한 기색을 숨기지 못했다.

"오, 온다!"

"모두 정신 똑바로 차려라!"

떨어지는 순간 유신운은 본 드래곤을 구름에 숨기며 역소환했다.

본 드래곤의 압도적인 파괴력은 백운세가의 배들도 휩쓸리게 할 수 있었기 때문이었다.

쿠우웅!

처척!

왜선 하나에 사뿐히 내려앉은 유신운은 어느새 뇌기가 번들거리는 회월을 뽑아들었다.

"코로시테야로!"

"저놈만 죽이면 우리의 승리다!"

두두두!

파바밧!

왜구들과 정검맹의 무사들이 동시에 유신운에게 달려들었다.

"가주님!"

"저희가 돕겠습니다!"

감령주가 왜선과 백운세가의 함선을 딱 붙여 놓은 까닭에 세가의 무인들도 유신운을 도우려고 움직이려 했다.

하지만 그 모습을 본 유신운이 다른 한 손을 허공에 한번

휘저었다.

쿠르르릉!

"허업!"

"뭐, 뭐야?"

그러자 갑자기 해면 아래에서 거친 진동음이 울려 퍼짐과 동시에.

콰르르르!

그그그!

거대한 격류에 휩쓸리듯 왜선들 전체가 한곳으로 떠밀려 이동했다.

서로에게 꽉 묶인 그 모습이 마치 적벽대전의 위군(衛軍)과 같았다.

순식간에 외딴 섬처럼 바뀌어 버린 전장의 모습에 눈동자가 흔들리던 감령주는 시선을 수면 아래로 향했다.

'……저 아래에 무언가가 있어.'

그녀는 깊은 수면 아래에서 자신을 노려보는 무언가를 알아차렸다.

유신운은 몰래 소환해두었던 자신의 소환수에게 명령을 하달했다.

'절대로 풀어 주지 마라, 크라켄.'

-우우.

대답을 확인한 유신운은 그제야 제대로 전신에서 조화신

기를 끌어 올리기 시작했다.

유신운의 전신에서 끓어오르던 기운은 찰나만에 전장의 모든 곳을 뒤덮고 있었다.

'괴, 괴물.'

'……말도 안 돼. 저게 정녕 사람의 힘인가?'

그러던 그때, 갑작스러운 배의 흔들림으로 엎어져 있던 무사들에게 한 발짝을 내디디며 말했다.

"이렇게 해야 한 번에 쓸어버리기 편하거든."

유신운의 섬뜩하기 그지없는 미소에 적들은 심장이 얼어붙어 오는 것만 같았다.

"으아아!"

"하앗!"

자신들의 심연을 파고드는 공포심을 견디지 못한 왜구들과 무사들이 이를 악물고 유신운에게 다시금 달려들었다.

현재 정검맹에 남은 이들은 모두 혈교의 간자.

"모조리 죽여 주마."

여느 때와 달리 손속에 사정을 두지 않아도 되는 유신운은 조금의 망설임도 없이 살검(殺劍)을 펼쳐 냈다.

화르르르!

콰가가!

유리처럼 투명한 회월의 검날에서 조화신기를 머금은 칠흑의 불꽃이 살아 움직이듯 맹렬히 치솟았다.

무림세가
전생랭커

피어오른 순수하기 그지없는 마기의 결정이 수천의 꽃으로 만개한다.

뇌운십이검 신운류.
천마식(天魔式).
염천단횡(炎天斷橫).

화르르르!
콰가가!
"……!"
"……!"
단말마의 비명조차 내지르지 못하고 왜구들과 무사들이 마지막에 취한 자세 그대로 화마(火魔)에 집어삼켜졌다.
'살려……!'
'너……무 아파!'
극한의 고통에 뇌가 부서지는 것 같았다.
보는 이들에게 찰나의 시간이었지만, 그들은 억겁의 고통을 겪다 죽음을 맞이했다.
그들은 가루조차 남지 않았다.
갑판에 남은 검은 그을음만이 그 자리에 무언가가 있었다는 것을 말해줄 뿐이었다.
단 일 초를 펼쳤을 뿐이건만.

전장에는 또다시 말소리가 사라져 있었다.

너무나도 충격적인 신위에 침묵만이 남은 것이리라.

충격에 휩싸인 것은 적뿐이 아니었다.

'아아, 우리가 대체 무슨 짓을 한 것이란 말인가.'

'……저것이 어찌 마공(魔功)이겠는가.'

백운세가의 배와 함께 안전한 곳으로 밀려난 이탈자들 또한 유신운을 보며 탄식을 쏟아 내고 있었다.

그들은 자신들의 스승에게조차 느껴 보지 못한 막대한 선기를 내뿜는 유신운을 보며 저런 존재를 감히 의심한 스스로에게 부끄러움을 느끼고 있었다.

마교에 회유된 것이 아닌, 유신운에 의해 그 마두들이 감화된 것이었구나.

'저분은…….'

'……우리가 감히 견줄 수조차 없는 경지로 접어든 것이야!'

정사마(正邪魔).

결코, 공존할 수 없다고 생각했던 자신들의 무리(武理)를 산산조각 내며 유신운은 마조차 선에 도달할 수 있음을 직접 보여 주었다.

그들은 유신운이 선보인 신공이 자신들에게 깨우침을 주기 위한 것으로 받아들이고 있었다.

이탈자들이 참을 수 없는 부끄러움에 고개를 숙이던 그때.

"회주님!"

덕광과 남궁호가 숨을 헐떡이며 유신운의 곁에 도착했다.

그들을 바라보는 유신운의 눈빛에 따뜻함이 깃들었다.

유신운은 한눈에 두 사람이 새로운 경지로 다다른 것을 알아차렸다.

"성장했구나. 고생했다."

"충(忠)!"

덕광과 남궁호가 예를 갖추던 그때.

"눈물겨운 해후(邂逅)는 지옥에서나 해라!"

감령주가 날카로운 외침과 동시에 각궁의 시위를 쉼 없이 당겨댔다.

피유융!

쐐애액!

공기가 찢어지는 파공성과 함께 하늘을 뒤덮을 정도의 정령시가 내리꽂히고 있었다.

놀란 두 사람과 달리 유신운은 입꼬리를 비틀며 다시금 검을 들어 올렸다.

"미안하지만 지옥은 이미 다녀와서 말이지."

유신운이 호를 그리며 정령시가 쏟아지는 하늘을 향해 검을 내리그었다.

뇌운십이검 신운류.

천마식(天魔式).

오의(奧義) 천염신살(天炎神殺).

회월이 토해 낸 검은 불꽃이 순식간에 천라지망의 그물처럼 하늘을 뒤덮으며 모조리 찢어발겨 버렸다.

'……말도 안 돼.'

자신의 회심의 일격이 너무도 허무하게 무위로 돌아가자 감령주는 몸에 힘이 풀리는 것 같았지만, 이를 악물고 겨우 버텨 냈다.

'아직, 아직이다. 마신님이 내게 주신 힘은 무적이야!'

"놈들을 죽여라!"

마음을 다잡은 감령주는 또 다른 무기인 생강시 병력 모두를 유신운에게 집중시켰다.

"크아아!"

"크르르!"

'생강시? 내가 사라지며 이번 생의 연구는 실패한 줄 알았는데, 지금까지 이어 가고 있었군.'

백발 백안의 생강시들은, 아무래도 위력은 낮추고 대량 양산할 수 있는 모습으로 만든 것 같았다.

짐승의 울음을 내는 생강시들을 확인한 유신운은 조화신기를 끌어 올렸다.

우우웅!

우웅!

왜선의 갑판에 수많은 소환진이 새겨져 나갔다.

생강시들의 숫자를 훨씬 상회하는 스켈레톤 군단이 위용을 펼치고 있었다.

"이놈들은 너희에게 맡기마."

"존명!"

유신운은 스켈레톤들의 지휘권을 두 사람에게 이양해 준 후.

파아앗!

콰가가가!

"오, 온다!"

"모두 막아!"

천마군림보를 펼치며 감령주를 향해 일직선으로 달려 나가기 시작했다.

콰르르르!

콰가강!

"크아악!"

"커컥!"

유신운이 이동하는 경로에 위치한 모든 왜선들이 마치 폭벽탄이 발화한 것처럼 폭발하기 시작했다.

감령주에게 점차 가까워질 때마다 녀석의 힘의 근원이 뚜렷하게 형상이 확인되기 시작했다.

'저놈이었나.'

타락한 정령왕, 에리얼(Ariel).

전생에서 자신을 소환한 대정령사와 소환사 무리를 모조리 잡아먹고 현현했었다.

놈은 한 도시를 사라지지 않는 폭풍으로 흔적조차 남지 않게 파괴했던 괴물이었다.

정령이란 존재는 전생에서 상대하기 매우 까다로운 존재였다.

정령은 어떠한 물리적, 마법적 피해를 입지 않기 때문에 무조건 술자를 처치해야 했는데, 이미 술자를 잡아먹은 놈은 오로지 다른 정령사를 통해서만 전투가 가능했던 것이다.

감령주의 저 믿는 구석이 있는 표정도 어느 정도는 그 특성을 알고 있는 까닭이리라.

'하지만 미안하게도 지금의 나에겐 해당하지 않는 일이지.'

우우웅!

우웅!

몸에서 발하던 조화신기가 거두어지고 전혀 다른 기운이 스멀스멀 피어오르기 시작한다.

유신운이 비릿하게 웃으며 새로운 힘을 사용하기 시작했다.

무림세가
전생집사

[플레이어의 '양의신공'이 발휘됩니다.]

[아직 터득이 불완전한 무공입니다. 분리된 기운의 운용의 활용 효율이 80%으로 경감됩니다.]

겉돌던 '명왕기'가 회월에 휘몰아치기 시작한다.

파바밧!

"......!"

공간을 접어 달리며 천마군림보로 눈 깜짝할 사이에 감령주의 지근거리에 도착한 유신운은.

쐐애액!

콰드득!

감령주를 무시하듯 지나쳐 등 뒤의 에리얼의 팔을 잘라 버렸다.

-끄에에에에!

처음으로 사지가 찢기는 고통을 겪은 정령왕의 울부짖음이 전장에 울려 퍼져 나갔다.

감령주, 신가혜는 지금 자신에게 무슨 일이 벌어진 것인지 쉽사리 인지하지 못하고 있었다.

눈으로 쫓지도, 기감으로도 감지할 수 없는 가공할 신법에 어안이 벙벙해져 있던 찰나.

－크에에에!

자신의 힘의 근원인 영령이 잘려진 팔을 부여잡고 고통에 찬 신음을 쏟아 내고 있었기 때문이다.

'……말도 안 돼.'

그녀는 인정할 수 없었다.

마신의 은총을 받은 이들 가운데 가장 공방(攻防)에 있어 완전무결(完全無缺)한 존재를 받은 것이 지금까지 그녀의 크나큰 자랑이지 않았는가.

하지만 그렇게 상념에 빠져 있을 시간도 그리 길지 않았다.

"쿨럭!"

안색이 시퍼렇게 질린 신가혜는 입에서 검은 피를 한 움큼 토해 냈다.

정령사와 정령 간의 연결은 일반적인 소환수와 소환사의 관계와는 달랐다.

계약과 함께 서로 영혼 간 결속이 되기 때문에 정령의 피해는 고스란히 정령사에게까지 피해가 전해지는 것이다.

유신운이 정령왕의 사지를 잘라 버리자 그녀의 내부가 진탕되며 끔찍한 고통이 밀려왔다.

좌라라라!

쐐애액!

그녀의 정신이 혼미해지며 틈이 생기자 유신운은 놓치지 않고 새로운 검결을 펼치기 시작했다.

잿빛의 검이 음산하기 그지없는 기운을 흩뿌리며 그녀의 목덜미를 노리고 있었다.

오싹.

순간, 그녀의 흐트러졌던 정신이 돌아왔다.

"후욱!"

자신의 목숨을 노리는 포식자를 마주한 피식자는 헛숨을 삼키며 뒤틀린 자신의 내부를 다급히 가다듬었다.

스아아!

그녀는 가까이 다가온 유신운에게 각궁을 검처럼 휘둘렀다.

카가강!

각궁에 실린 내기가 유신운의 명왕기와 격돌하며 사방에 파도처럼 충격파를 발산했다.

본래 궁사(弓師)는 근접전에 취약하다고 하지만 이런 상황을 돌파할 한 수 정도는 가지고 있었다.

하지만 상황을 판단하는 유신운의 생각은 달랐다.

소기의 성과를 만들어 낸 유신운은 파상공세를 쏟아 내지 않고 잠시 거리를 벌렸다.

그러곤 얼음장처럼 차가운 눈빛을 쏘아 내며 신가혜의 전력을 냉철히 판단했다.

'흐음, 명왕기를 튕겨 냈다라? 실린 내기는 대단치 않은 데.'

유신운의 시선이 정령왕, 신가혜를 거쳐 그녀가 들고 있는 의문의 각궁으로 향했다.

'……그렇다면 저 활 자체의 힘이라고 보는 게 맞겠군.'

지금까지 상대해 온 령주들은 모두 한두 개씩의 보패를 지니고 있었다.

하지만 저 각궁은 보패는 아닌 것 같았다.

어떠한 요기도, 선기도 느껴지지 않았기 때문이었다.

그러나 내재한 능력은 보패 이상이라는 건.

'보패 이상의 신물이라는 거겠지.'

그렇다면.

"전리품은 많을수록 좋지."

쿠웅!

파바밧!

유신운이 거세게 진각을 밟으며 앞으로 달려 나갔다.

명왕기를 두른 유신운은 다시 한 번 정령왕 에리얼을 향하고 있었다.

하지만 에리얼은 이번에는 가볍게 당해줄 생각이 없는 듯했다.

-크르!

격노한 짐승의 울음이 전장을 울렸다.

처음 겪는 고통이 점차 익숙해지자 분노가 치밀어 올랐다.

한낱 인간 따위가 자신에게 상처를 입히다니.

스아아!

촤아아!

폭풍처럼 에리얼의 정령기가 미친 듯이 휘몰아치기 시작했다.

그와 함께 유령의 그것처럼 반투명했던 에리얼의 형상이 색을 입히듯 선명해지고 있었다.

그런 변화에 신음을 쏟아 내는 것은 다름 아닌 감령주, 신가혜였다.

"자, 잠깐! 멈춰!"

에리얼은 그녀가 감당할 수 있는 한계를 가볍게 상회하는 힘을 흡수하고 있었다.

자신의 권능을 온전히 발휘하기 위해 정령사의 안위 따위는 안중에도 없이 기운을 빨아들이고 있었던 것이다.

유신운은 그 모습을 보며 쯧, 하고 혀를 찼다.

전생에서 일곱 재앙으로써 현신할 때도 정령사들을 잡아먹었던 에리얼이었다.

그는 이런 상황이 일어날 것을 이미 예측하고 있었다.

'정기가 모조리 빨린 정령사의 탈진은 무인의 주화입마와 비견될 정도로 고통스러울 거다. 그동안의 죗값을 미리 받는다고 생각해라.'

유신운은 탈진을 더욱 앞당기기 위해 양의신공을 통해 명왕기를 잠시 분리하여 놓고는 조화신기를 끌어 올렸다.

"끄르륵!"

감당할 수 없을 지경으로 기운을 흡수당해 활시위를 당기던 각궁을 갑판에 지팡이처럼 대고 있는 신가혜에게 유신운이 새로운 검초를 펼쳐 내기 시작했다.

콰르르르!

그르릉!

새파란 뇌기(雷氣)가 회월의 검날 위에서 불꽃으로 튀어 오르고 있었다.

유신운이 팽이처럼 몸을 회전시키며 횡(橫)으로 뇌격을 펼쳐냈다.

뇌운십이검 신운류.

이초 비의(秘義).

풍뢰맹획(風雷猛劃).

맹수가 숨통을 끊기 위해 아가리를 벌리는 것처럼 유신운이 펼친 뇌전의 난격(亂擊)이 수십 갈래로 쪼개지며 감령주를 덮치고 있었다.

'흐, 그극!'

감령주는 자신의 내기를 빼앗아가는 영령 때문에 피할 생각조차 하지 못했다.

마지막 선택으로 선천진기마저 끌어 올려 공격을 튕겨내 보려 했지만.

"……!"

그것이 감령주의 마지막 실수가 되고 말았다.

선천진기라는 새로운 힘을 발견해 낸 에리얼이 그녀가 호신강기로 사용하려던 것을 또다시 모조리 강탈해 버린 것이다.

'아아, 마신이시여……!'

마지막 비탄을 끝으로 신가혜의 동공에서 생기가 사라졌다. 인형에 박아 넣은 알처럼 급속도로 탁해짐과 동시에 그녀의 전신이 목내이(木乃伊)처럼 쪼그라들기 시작했다.

콰가가가!

콰르르르!

하늘이 먹구름으로 가득 차며 거센 폭풍이 휘몰아치고 있었다.

자신의 술자를 포식한 정령왕이 현세에 현현하고 있었다.

-인간……! 죽인다!

선천진기마저 흡수하며 목소리마저 낼 수 있을 정도로 성장한 에리얼이 유신운을 보며 살기를 내뿜고 있었다.

격이 맞지 않는 상대라면 그대로 심장이 터져 죽어 버릴 정도의 기운의 발산이었다.

그러나 이렇듯 심각한 상황에서도.

하늘에 떠오른 수천의 뇌운(雷雲)을 올려다보며, 유신운은 상황에 맞지 않는 작은 미소마저 지어 보이고 있었다.

"금방 끝낼 수 있겠군."

스아아!

촤아아아!

유신운은 그렇게 읊조리곤 정령왕을 베어 버리기 위해 회월에 다시금 명왕기를 불어 넣기 시작했다.

자신의 팔을 잘라냈던 기운이 유신운에게서 휘몰아치기 시작하자, 에리얼은 하나 남은 자신의 손을 허공에 뻗었다.

우우웅!

우웅!

그러자 허공이 진동하며 수백의 용오름이 동시에 솟구쳐 올랐다.

그리고 용오름이 걷히자.

"저, 저건?"

"헉! 요, 요괴들이다!"

수백의 타락한 중급, 하급 정령들이 자신들의 왕을 따라 모습을 드러냈다.

쐐애액!

피유웅!

백운세가의 무인들과 이탈자들이 다급히 화살을 쏘아 냈

지만, 정령의 몸은 그것들을 그대로 통과시켜 버렸다.

에리얼은 인간의 나약함과 약점을 잘 알고 있었다.

놈은 자신의 수하들에게 유신운이 아닌 백운세가의 함선을 노릴 것을 명령했다.

저들을 구하느라 신경이 팔려 생기는 틈을 노리겠다는 간악한 작전이었다.

-키르르!

-끼르!

그러자 감히 자신들을 공격한 인간들을 향해 타락한 정령들이 쏜살같이 달려들기 시작했다.

애초에 육신이 없는 까닭에 바다는 어떠한 장벽도 되지 못했다.

그러나 유신운은 수하들을 향해 뒤돌지 않았다.

"소환."

시동어를 내뱉으며 그저 무심히 자신의 손가락을 한 번 튀길 뿐이었다.

스아아아!

촤아아!

백운세가의 함선과 달려드는 정령들의 가운데에 위치한 반파된 왜선에서 거대한 소환진 두 개가 빛을 발하기 시작했다.

하지만 소환진이 평상시에 유신운이 사용하던 형태와는

무언가 달랐다.

항상 조화신기의 환한 빛으로 발하던 소환진은 음산한 검붉은 빛으로 변화하여 있었다.

그 빛은 유신운의 전신에 휩싸인 '명왕기'와 닮아 있었다.

[플레이어가 '명왕기'를 통해 보유한 소환수, '뱀파이어 로드'와 '바실리스크'를 소환합니다.]

[히든 효과를 발견하였습니다. 소환수에게 특별한 권능이 발현됩니다.]

[플레이어의 '명왕기'의 특성이 소환수에게 그대로 전해집니다.]

[플레이어의 소환수, '뱀파이어 로드'가 한계 레벨에 도달하였습니다.]

[플레이어의 소환수, '바실리스크'가 한계 레벨에 도달하였습니다.]

['역전 개체'가 한계 레벨에 도달하여 '종족 진화'를 시작합니다.]

'종족 진화?'

유신운은 생각지도 않은 내용의 시스템 메시지에 놀라고 있었다.

일반적인 공격이 통하지 않는 정령들을 해치우기 위해, 소환수들에게 명왕기를 사용케 하려던 그의 계획이 그동안의 노력과 행운이 겹치며 새로운 판도를 만들어 내고 있었다.

유신운의 머릿속으로 과거 천목산에서 비유와 싸울 때 알아차렸던 '역전 개체'라는 이름이 뒤늦게 떠오르고 있었다.

역전 개체

제물이 된 몬스터가 지니고 있던 기(氣)와 오염된 마나가 합쳐지며 탄생한 세계의 상식을 벗어난 특이 개체.

한계 레벨에 도달할 시, '??'가 가능하다.

스아아아!

촤아아!

어느새 적벽을 뒤덮은 핏빛 안개 속에서 칠흑 같이 검은 예복을 갖춰 입은 흡혈귀가 제 모습을 드러냈다.

[플레이어의 소환수, '뱀파이어 로드'가 종족 진화를 완료했습니다.]

[새로운 소환수, '크림슨 로드, 노스페라투'를 획득하였습니다.]

ㅡ키에에!

ㅡ크오오!

정령들이 크림슨 로드에게서 느껴지는 기운에 위기감을 느끼고는 수백의 바람의 창(槍)을 쏘아 내고 있었다.

자신을 향해 쏘아지는 그 무수한 창날들을.

크림슨 로드는 가소롭다는 듯이 붉은 홍채 속 황금빛의 동공으로 내려다보았다.

크림슨 로드가 피로 이루어진 망토를 흩날리며 허공으로 날아올랐다.

촤라라라!

사아아!

살아 움직이듯 펄럭이는 망토가 순식간에 백운세가의 함선 전체를 감싸듯 퍼져 나갔고.

피이잉!

스아아!

피의 장막에 닿은 바람의 창들은 하나도 남김없이 힘없이 소멸되었다.

자신들의 상식을 벗어난 위용에 백운세가의 무인들과 이탈자 무인들은 그저 입을 벌리고 크림슨 로드의 힘을 바라보고 있었다.

쿠우웅! 쿠궁!

그때 뒤이어 종족 진화를 끝마친 바실리스크가 거칠게 발을 굴렀다.

[플레이어의 소환수, '바실리스크'가 종족 진화를 완료했습니다.]

[새로운 소환수, '독괴룡(毒怪龍), 베넘 드레이크'를 획득하였습니다.]

본 드래곤에 필적하는 거대한 크기로 자라난 베넘 드레이크는 삼두(三頭)의 얼굴로 적들을 노려보았다.

자신들의 공격이 무위로 돌아가자 허공에서 타락한 정령들이 당혹해하며 어찌할 바를 모르고 있었다.

-크라아아.

그런 녀석들을 향해 베넘 드레이크가 세 개의 아가리를 크게 벌렸다.

명왕기와 합쳐지며 세상의 모든 것을 멸할 위력으로 발전된 독기(毒氣)가 녀석의 입안에서 맹렬히 모이고 있었다.

스아아!

촤아아아!

그리고 다음 순간.

베넘 드레이크에게서 토해진 세 줄기의 독포가 광선(光線)처럼 적들에게 쏟아졌다.

치이익!

치이!

-……끼, 익!

-……!

타락한 정령들은 어떠한 저항조차 하지 못한 채, 독광에 닿아 흔적도 남김없이 녹아 사라지기 시작했다.

두 역전개체의 힘은 유신운이 품은 7재앙 몬스터와 비교해도 조금도 빠지지 않았다.

유신운은 스스로 재앙에 버금가는 몬스터를 창조해 낸 것이다.

자신의 예상과 전혀 다른 상황에 에리얼이 당혹감을 숨기지 못하고 있었다.

콰르르릉!

콰르릉!

그런 찰나, 하늘에 펼쳐진 수많은 뇌운에서 수천 갈래의 벼락이 유신운에게 쏟아지기 시작했다.

"뇌운십이검 신운류, 후반 3초."

그리고 그 벼락들을 온전히 받아들인 유신운은.

"청라뇌경(靑羅雷暻)."

에리얼에게 명왕기로 만들어 낸 최후의 공격을 선사하고 있었다.

쿵쿵!

지진이라도 난 듯이 땅이 울린다.

진동의 근원지를 바라보는 양민들이 잔뜩 겁에 질려 있었다.

허리춤에 각자의 무기를 착용한 수천의 무사들이 끝없이 줄을 지어 이동하고 있었다.

양민들이 겁에 질릴 만도 했다.

무림인들 간의 항쟁은 시시때때로 있었지만 이처럼 대규모의 전쟁(戰爭)은 기억 속에서 잊힌 지 오래였기 때문이었다.

하지만 양민들의 겁먹은 표정은 행렬의 중간중간 기수(旗手)가 든 깃발에 새겨진 백운(白雲)이란 이름을 보고 급속도로 사그라들기 시작했다.

'마지막 싸움이구나!'

'유 가주님이라면 분명히……!'

'저 악적들에게서 우리를 구원해 주실 거야!'

어느새 백운세가와 유신운이라는 이름은 백성들에게 구원자와 동일한 이름이 되어 있었다.

"급보입니다!"

그러던 그때, 행렬의 선두를 이끌던 백미백염(白眉白髥)의 도진우 앞으로 전령이 숨을 헐떡이며 등장했다.

도진우가 한쪽 손을 들자 행렬 전체가 동시에 행군을 멈추었다.

"예를 갖출 필요 없네. 내용부터 말하게나."

"후우, 훅! 예, 우선 승전보부터 전하겠습니다. 가주님께서 출전하신 적벽에서 저희를 습격한 령주를 처단하시고 적들의 함선 전부를 침몰시키는 데 성공하셨습니다."

"오오!"

"그게 정말인가!"

전령의 말에 노대웅과 노건호가 탄성을 내질렀다.

정검맹이 지닌 해상 전투력은 제대로 측정이 되지 않은 상태였기에, 지금껏 백운세가의 수뇌부는 수로를 타고 적들이 기습할 가능성을 항상 생각해야 했다.

하지만 유신운이 적벽에서 적이 지닌 모든 함선을 침몰시키는 데 성공했기에 이제 후방에서 갑작스레 벌어질 침투를 머릿속에서 지워도 무방하게 된 것이었다.

와아아!

백운무적(白雲無敵)!

함성을 내지르는 무인들의 사기가 하늘을 뚫을 듯 충천한 가운데, 도진우는 침착하게 전세를 되짚었다.

'잘되었다. 그렇다면 이제 세 곳의 전장만 생각하면 되겠군.'

그의 말처럼 현재 혈교와 큰 전투를 치르고 있는 전장은 크게 세 곳이었다.

첫 번째는 호북(湖北)이었다.

무당파가 자리하던 무당산(武當山)과 제갈세가가 뿌리 내리고 있던 융중산(隆中山)에서 녹림 총표파자 도남강이 이끄는 녹림의 정예 병력과 당하린과 제갈군이 이끄는 황군(皇軍)과 금의위가 각각 전투를 벌이고 있었다.

그런 그들의 적군은 하북의 모든 세력을 장악한 황보세가의 황보준이 하북팽가의 팽부경을 부관으로 삼아 전장을 지휘하고 있었다.

본래 화경 입문 정도로 평가받던 황보준은 놀랍게도 도남 강에게 밀리지 않는 실력을 보이며 전장을 휘젓고 있었다.

황보준은 도저히 정파의 계책이라고는 생각되지 않는 양민의 희생도 서슴지 않는 책략들을 사용하는 까닭에 백운세가의 병력이 고전을 면치 못하고 있었다.

두 번째는 안휘(安徽)였다.

한데 안휘의 사정은 다른 전장들과 조금 달랐다.

정검맹과의 전쟁이 시작되던 날, 합비(合肥)에서 수천의 요괴들이 준동했다.

피에 미친 요괴들이 날뜀에도 관은 움직이지 않았다.

합비의 백성들 삼 할이 사망하고 나서야 귀면랑이 나타나 백성들의 피와 살을 먹고 더욱 강해진 요괴들을 다스리며 자신의 소행이라 밝혔다.

당연히 그 귀면랑은 유신운이 아니었다.

귀면랑의 가면과 똑같은 가면을 쓴 이령주가 낭인협회와 백운세가와의 불화를 조장하기 위해 만든 수작이었다.

사파련의 잔존 세력을 이끄는 풍림방주 풍월검(風月劍) 도백건(度白鍵)과 중원의 모든 살수 집단을 살문으로 규합한 여득구가 괴이들의 천지가 된 합비로 진격해 들어가려 하고 있었다.

그리고 마지막.

도진우의 병력이 증원군으로 합류하려는 섬서(陝西)였다.

일진일퇴를 거듭하는 다른 전장과 달리 섬서는 처음부터 끝까지 백운세가 진영의 패퇴만이 거듭되고 있었다.

한데 어쩔 수 없었다.

섬서의 전장을 이끄는 것은 다름 아닌…….

정검맹의 수장, 검황 담천군과 화산파 정예 병력이었기 때문이었다.

압도적인 신위를 선보이는 담천군 때문에 백운세가의 병력 중 6할을 쏟아붓고 있었음에도 손쓸 수가 없이 밀리는 형국이었다.

본래 지금 도진우가 이끄는 병력 또한 호북의 용중산으로 지원을 나가고 있었지만, 섬서의 상황이 너무 좋지 않다는 급보에 말머리를 돌려 섬서로 향하고 있었다.

'검황과 화산파의 장로들의 무위가 전해지는 것을 가볍게 상회한다는 소문이 쏟아지고 있다. 후우, 우리가 합류한다고 한들 전황에 큰 변화가 있을지 모르겠구나.'

도진우의 얼굴에 내려앉은 근심의 원인도 그것에 기인하고 있었다.

하지만 고심은 오래 가지 않았다. 도진우가 전령에게 말을 꺼냈다.

"그래, 가주님의 다른 전언은 없었나?"

"예, 있었습니다. 한데 그것이…….”

'으응?'

무슨 이유에선가 뜸을 들이는 전령을 의아한 눈빛으로 쳐다보던 도진우가 답을 재촉했다.

"왜 그러는가. 어서 말해 보게나."

채근하자 전령이 머뭇거리며 말을 꺼냈다.

"상황이 급박하니 바로 전장으로 합류하시겠다……고 하셨습니다."

"어느 전장을 말씀하시는 건가?"

"아니, 그것이…….'

그리고 이어진 전령의 대답에.

"……?"

도진우 또한 두 눈을 끔뻑일 수밖에 없었다.

한데 그럴 만도 했다.

유신운의 전언은 바로.

―세 곳 전부.

대전이 펼쳐지는 모든 전장에 합류하겠다 말하였기 때문이었다.

호북(湖北) 융중산(隆中山).

"죽어랏!"

"이 벌레 같은 놈들!"

"크악!"

가파른 산세가 펼쳐진 용중산의 곳곳에서 악에 받친 외침과 고통에 찬 신음이 터져 나오고 있었다.

연나라의 징표가 새겨진 군복을 입고 있는 황군이 황보세가의 무인들과 팽가의 무인들에게 학살당하고 있었다.

백인장 이하 황군의 대다수는 기초 무공을 익힌 것이 다였기에, 상승의 무공에 혈교의 비전까지 전수받은 적들에게 어쩔 도리가 없이 학살당하고 있었던 것이다.

"클클, 쉽군. 쉬워."

"빠르게 해치우고 무당산의 산적들까지 해치우러 가자고!"

땅에 황군들이 흘린 피가 빗물처럼 흘러내리던 그때였다.

스아아!

촤아ー!

"뭐, 뭐야, 이건?"

"무슨 안개가 이렇게……?"

급속도로 산중에 짙은 안개가 피어오르기 시작했다.

순식간에 퍼진 안개는 어느새 한 치 앞도 보이지 않을 정도로 시야를 가렸다.

안개가 닿자 섬뜩한 느낌을 받은 황보가, 팽가의 무인들이 살육을 멈추고 물러나려던 그때.

"크윽, 킥!"

"수, 숨이!"

"쿨럭!"

적들이 격하게 기침하며 피를 토하기 시작했다.

두 눈에 핏줄이 서고 피부 위에 부글부글 수포가 올라오고 있었다.

하지만 놀랍게도 안개에 닿은 황군들은 어떠한 변화도 없었다.

"이때다!"

"적들을 처단해라!"

"이, 이놈들이!"

"크악!"

적들의 이상을 감지한 황군들이 쥐고 있던 무기를 고쳐 쥐고 맹렬하게 앞으로 달려들었다.

푸욱!

푸푹!

섬뜩한 소리와 함께 무사들의 온몸에 칼날이 파고들었다.

'가, 가주님께 이변을 알려야……!'

선봉장 역할을 하던 무인이 오공에서 피를 흘리며 품속에서 신호탄을 꺼냈다.

떨리는 손으로 심지에 불을 붙이려던 그때.

넙석!

"……!"

"어딜."

짙은 안개 속에서 불쑥 튀어나온 한 사내가 그의 팔목을 붙잡았다.

제갈군이 활짝 펼친 철선(鐵扇)을 내리쳤다.

서걱!

푸아아!

신호탄을 놈의 팔이 피분수를 내뿜으며 땅에 떨어졌다.

"가—!"

서거걱!

소리로라도 알리려 했지만 뒤이어 날아든 암기가 놈의 목을 뚫고 지나갔다.

제갈군의 뒤에서 당하린이 나타나 있었다.

적의 숨통이 완전히 끊어진 것을 확인한 당하린은 서서히 걷히고 있는 안개를 바라보았다.

밀리고 있던 전장의 기세는 어느새 완전히 그들에게 돌아와 있었다.

"아군에게는 어떠한 피해도 없이 적들에게만 상해를 입히는 진법이라니……. 만상자의 기문진법을 완전히 자신의 것으로 만들었군요."

"완벽하진 않습니다. 그리고 진법에 가주님의 독공(毒功)을 섞은 덕분이지요."

당당히 사천당가의 가주로 등극한 당하린은 호북 전장을 이끌고 있었다.

"가주님은 무슨 예전과 같이 불러요."

"그럴까요, 당 소저?"

상황과 어울리지 않는 제갈군의 농에 당하린이 피식 웃어 보였다.

하지만 그들의 웃음은 바싹 메말라 있었다.

억지로나마 웃어 보려 하지만 상황은 그렇게 밝지 않았다.

그들의 병력은 저들에 비해 확연히 무림인의 숫자가 적었다.

본군에 지원을 요청했지만 섬서의 전황이 자신들보다 현저히 위험하다는 이유로 요구가 받아들여지지 않았다.

지금까진 제갈군의 기문진법과 자신의 독공으로 적들을 요격하며 버티고 있었지만, 적들이 그들의 한계를 눈치채고 전력으로 섬멸전을 벌인다면 참혹한 결말이 펼쳐질 것이 분명했다.

"후후, 가주님이 이토록 보고 싶은 건 처음이군요."

"……."

제갈군의 혼잣말에 당하린은 대답하지 못했다.

같은 마음이었지만 자신까지 입 밖으로 내면 자신의 마음이 흔들릴 것 같았기 때문이었다.

그러던 그때였다.

타닷!

"총군사님!"

발소리와 함께 다급한 기색의 금의위 한 명이 그들 앞에 모습을 드러냈다.

"무슨 일인가?"

"백성들이 감금되어 있는 장소를 찾았습니다!"

"오, 정말인가!"

"예, 이곳에서 그리 멀지 않습니다! 먼저 도착한 병력이 먼저 구출을 시도하고 있습니다!"

"좋아, 바로 가 보지!"

마무리된 전장을 뒤로하고 두 사람은 금의위를 따라 이동했다.

얼마 지나지 않아 세 사람은 거대한 동굴에 도착하였다.

"으으!"

"사, 살려 주세요."

다른 금의위들이 동굴 안에서 겁에 질린 수많은 사람들을 구해 내고 있었다.

그 모습을 보며 제갈군이 한숨을 푹 내쉬었다.

"하아, 백성들을 인질로 잡고 항복하라 날뛰다니…… 정말이지 정파라는 이름을 아예 버린 모양입니다."

적들의 수장인 황보세가의 가주 황보준은 주변에서 납치

한 양민들을 산 곳곳에 이처럼 납치하여 감금해 놓았다.

그러곤 그들을 구하기 위해 병력이 쪼개진 틈을 타 기습을 하거나, 구출하러 들어가면 동굴을 그대로 폭파시키며 매몰시키는 등 온갖 악행을 자행하고 있었다.

'정말이지, 쓰레기 그 자체군.'

이제는 정파라는 틀마저 저버리고 인간 이하의 짓거리를 저지르는 그들에게 당하린은 가슴속 깊은 곳에서 분노가 치밀어 오르고 있었다.

"방금 전 전투가 끝났으니, 적들도 회군을 했을 거예요. 일단 구출에 모든 힘을 집중하……."

그녀가 명령을 내리던 그때.

피유웅!

갑작스레 공기가 찢어지는 파공성이 날아들었다.

제갈군과 당하린이 기감을 펼치며 다급히 몸을 날렸다.

푸푹!

"끄극!"

하지만 곁에 있던 금의위는 방패를 들어 올리다가 날아든 화살에 그대로 목을 뚫리고 말았다.

금의위의 눈이 생기를 잃고 땅에 털썩 주저앉았다.

"적의 습격이다!"

"모두 양민을 지켜라!"

당하린과 제갈군이 사자후를 터뜨리자 금의위와 황군이

구출해낸 백성들을 품에 안고 다시금 동굴 속으로 이동했다.

이곳의 산세가 동굴을 가운데에 두고 협곡이 늘어져 있는 까닭에 피할 위치가 동굴 밖에는 없었던 것이다.

'최악의 상황이다. 패전했음에도 적의 본진이 한 번 더 진격해 올 줄이야.'

제갈군이 이 난관을 극복하기 위해 머리를 굴리던 그때였다.

"클클, 벌레들을 구하러 올 줄 알았지."

"아버님의 혜안(慧眼)은 정말이지 놀라울 따름입니다!"

적의 본진을 이끄는 지휘관이 슬며시 모습을 드러내고 있었다.

비열한 웃음을 짓는 두 사람을 발견한 당하린과 제갈군의 표정이 차갑게 가라앉았다.

황보세가의 가주 황보준과 한때 그들의 동료였던 황보동이 시퍼런 날을 겨누고 있었다.

2장

　당황한 기색이 역력한 당하린과 제갈군을 바라보는 황보준의 눈빛에 잔혹함이 깃들었다.

　'클클, 당가와 제갈가……. 항상 우리를 우습게 보던 남궁가의 자식 놈이 없는 것은 아쉽지만 그런대로 만족스럽군. 게다가…….'

　이어 황보준은 당하린의 몸을 음흉한 눈으로 훑어 내렸다.

　'한동안 힘들었던 음기(陰氣)의 보충도 가능하겠어.'

　소름 끼치게 혀를 날름거린 황보준이 한 손을 들어 올렸다.

　타닷!

　촤아악!

그러자 곳곳에 숨어 있던 황보세가의 무인들이 흉흉한 살기를 내뿜으며 나타났다.

그들의 전신에서 뿜어지는 기운은 결코 가볍지 않았다.

게다가 산 곳곳의 인질들을 효과적으로 구출하기 위해 병력을 분산한 까닭에 인원수도 확연히 차이가 나고 있었다.

'저 정도의 무위라면 황보가의 최고 전투대인 천왕대(天王隊)가 틀림없다. 저들은 녹림 쪽의 전투에 가 있다고 들었는데 어찌 이곳에…….'

불리하기만 한 상황들에 제갈군의 표정이 더욱 어두워져 갔다.

"여기까지 머리 굴리는 소리가 들리는구나, 제갈군."

"……황보동."

그런 가운데 황보동이 제 아비의 곁에서 한 발 앞으로 나서며 말을 꺼냈다.

과거의 친우이자 동료를 바라보는 제갈군의 표정은 복잡하기 그지없었다.

"죄 없는 양민들마저 서슴없이 볼모로 삼다니, 정파인으로서의 최소한의 양심도 버린 겐가?"

"양심이라……."

제갈군의 말에 황보동은 한쪽 입꼬리를 비틀며 나직이 말했다.

"그건 약자가 강자에게 짓밟힐 때 악에 받혀 뱉는 유언일 뿐이지."

황보동의 말에 제갈군이 잠시 감았던 눈을 떴다.

스아아!

촤아아!

"……그래, 그렇다면 이제 나도 네놈과의 과거는 모두 잊겠다."

그와 동시에 제갈군의 전신에서 내기가 폭발적으로 피어올랐다.

'말도 안 돼! 저놈이 언제 저 정도의 경지까지?'

의기양양하던 황보동이 자신의 경지를 가볍게 웃도는 제갈군의 힘에 움찔 놀라 몸을 떨었다.

황보준의 아들의 한심한 모습에 쯧, 하고 혀를 차던 그때 수하 한 명이 그의 곁으로 다가왔다.

"가주님, 화탄(火彈)의 준비가 끝났습니다."

"……!"

화탄이라는 말에 제갈군과 당하린의 두 눈이 지진이라도 난 듯이 흔들렸다.

"동굴에 탈출구가 있나."

"걱정 마십시오. 가주님의 전언대로 내부가 완전히 막힌 곳으로 준비하였습니다."

"클클, 벌레들이 알아서 모여 주었으니 한 번에 깨끗하게 치워 버릴 수 있겠구나."

황보세가의 무인 중 십여 명이 사람의 머리통만 한 크기의
화탄을 던질 준비를 하고 있었다.

그에 당하린과 제갈군이 동시에 눈을 마주쳤다.

끄덕.

전음조차 오가지 않았으나 제갈군이 당하린의 뜻을 알았
다는 듯, 고개를 주억였다.

"전원 포격하라!"

쐐애액!

파공성과 함께 무인들이 던진 화탄들이 허공을 날았다.

파바밧!

동시에 당하린 또한 적들을 향해 전광석화처럼 달려들었
다.

'멍청한 놈!'

그 모습을 보며 황보동이 얼굴에 비웃음을 띄웠다.

검으로 화탄들을 베어 낸다면 시체가 되는 것은 그녀가 될
것이기 때문이었다.

촤라라!

당가의 비전 신법인 귀영보(鬼影步)를 펼친 당하린이 분신
처럼 다섯 갈래로 나뉘었다.

어느새 절정에 오른 이형환위를 펼칠 정도로 무위가 상승
한 그녀였다.

파밧!

다섯 명의 당하린이 동시에 한 발로 진각을 밟으며 허공으로 뛰어 올랐다.

쐐애액!

콰가가!

그녀가 허공에서 몸을 팽이처럼 맹렬히 회전시키자, 당가의 팔대 암기 중 하나인 폭우천심사(暴雨穿心射)가 불을 내뿜었다.

당가의 비전, 만천화우에 버금가는 암기술인 천녀산화(天女散花)였다.

'아니……!'

그러던 그때, 하늘을 뒤덮은 폭우천심사의 은침(銀鍼)을 확인한 황보준의 얼굴이 하얗게 질렸다.

'화탄을 노리는 게 아니야! 피, 피해야……!'

그랬다. 당하린의 암기는 화탄을 향하지 않았다.

호선을 그리며 날아가는 화탄을 대놓고 무시한 그녀는 화탄을 던지느라 잠시 무방비 상태가 된 황보세가의 무인들에게 암기를 쏟아 내고 있었다.

서걱!

푸푹!

"끄어억!"

"커컥!"

암기가 살을 뚫고 박히는 섬뜩한 소리와 함께 선인장처

럼 변해 버린 황보세가의 무인들이 무릎을 꿇고 바닥에 쓰러졌다.

"이년이!"

"죽엇!"

앞에 서 있던 다른 무인이 방패막이가 되어 은침이 가볍게 스치는 데 그친 무사들이 각자의 병기를 쥐고 착지한 당하린에게 달려들었다.

하지만.

"끄륵!"

"쿨럭!"

그들은 다섯 발자국도 내딛지 못한 채 그대로 입에 거품을 물고 쓰러졌다.

순식간에 보랏빛으로 변한 그들의 피부에서 연신 핏물이 흐르고 있었다.

폭우천심사가 더욱 무서운 점은 은침에 당가의 팔대 극독 중 하나인 칠보단혼산(七步斷魂散)이 발려 있다는 점이었다.

"허억, 헉!"

자신을 지키기 위해 황보준이 세워 둔 호위 무사를 고기 방패 삼아 겨우 살아남은 황보동이 거친 숨을 내몰았다.

목숨을 건진 것에 기뻐하던 것도 잠시 그는 상황이 무언가 이상함을 깨달았다.

'그, 그런데 왜 폭발음이 안 들리지?'

무림세가
전생령처

황보동이 황급히 고개를 돌려 화탄이 날아든 동굴을 확인하자.

"……!"

귀신이라도 본 것처럼 두 눈이 커다랗게 떠졌다.

날아든 화탄 전체가 기기묘묘한 선홍빛 벽에 집어 삼켜져 있었다.

치이익!

매캐한 냄새를 풍기며 살아 움직이는 듯한 벽은 화탄을 흔적도 없이 녹여 버렸다.

"성공했군요."

"후우, 시간을 벌어 주신 덕입니다. 간발의 차였습니다."

제갈군이 땅에 내리꽂은 철선(鐵扇)과 한쪽 손에서 흘러내린 피가 이어져 있었다.

만상자의 비전 진법 중 하나인 투사혈벽진(透絲血壁陣)이었다.

만상자가 말년에 만든 최후의 비진 중 하나로 시전자 자신을 최후의 생문(生門)으로 삼아 적을 가두는 진법이었다.

"나를 죽이지 않는 한, 네놈들은 결코 이곳을 빠져 나가지 못하리라."

제갈군은 결연한 의지가 깃든 목소리로 뇌까렸다.

"가주님! 환진(幻陣) 속에 갇힌 것 같습니다."

"흥! 하찮은 재주를 믿고 있었구나."

황보준은 뒤늦게나마 이 기현상이 제갈군이 펼친 진법임을 알아차렸다.

촤아아!

투사혈벽진이 순식간에 협곡 전체를 둘러싸기 시작했다.

채챙!

제갈군과 당하린은 각기 검과 암기를 꺼내 들며 자신들의 마지막 싸움을 준비하였다.

─혈벽으로 저들을 가두기 전, 부관에게 양민들을 산 아래로 데리고 내려가라 일러 두었으니 그들은 걱정하지 않으셔도 됩니다.

─그래요, 이제 맘 편히 저들과 동귀어진(同歸於盡)할 수 있겠군요.

두 사람은 전음으로 대화를 나누었다.

승산이 없는 전투였지만, 물러설 생각 따위는 전혀 없었다.

"바로 세운 검은 무엇도 두렵지 않고!"

"그 길을 막는 악은 그저 베어 낼 뿐이라!"

파바밧!

타앗!

두 사람이 동시에 무림맹에 입맹하며 선서하는 한마디를 내뱉고는 황보준과 무사들에게 달려들었다.

그들의 전신에서 피어오른 내기가 푸른 불꽃처럼 일렁이

고 있었다.

생명의 근원인 선천진기 마저 끌어 올린 것을 여실히 보여 주고 있었다.

"뭣들 하느냐! 당장 놈들의 수급을 가져와라!"

황보준의 외침에 천왕대 무사 전원이 널브러진 동료들의 시체를 짓밟으며 앞으로 뛰쳐나왔다.

촤라라!

콰가가!

강호의 중검(重劍) 중 일절로 꼽히는 황보세가의 비전 태산 십팔반검(泰山十八盤劍)이 펼쳐지고 있었다.

하지만 그들의 검을 감싸고 있는 기운은 정순한 내기가 아닌 사이하기 그지없는 마기였다.

"차앗!"

"죽어랏!"

혈교의 마공을 대성한 천왕대원들이 제갈군의 머리를 쪼개 버릴 기세로 검초를 펼쳐 내고 있던 그때.

─넌 너의 재능을 스스로 진법에 국한하고 있다. 한계를 넘는다면 너는 당하린조차 닿을 수 없는 경지에 도달하게 될 거다.

─……가문에서 너만이 무림맹에 깃든 악(惡)을 알아차렸 구나. 아둔하고 미련했던 것은 네가 아니라 나였다. 제갈가

의 남은 모든 것을 네게 남기니 부디 이겨 내 다오…….

제갈군의 머릿속에 자신을 훈련시켜 주던 유신운의 말과.

가까스로 무림맹을 탈출하며 목숨을 잃은 자신의 아버지 제갈숭의 마지막 말이 스치고 지나갔다.

자신에게 빗발치는 칼날들 속에서 제갈군이 부드럽게 춤을 추기 시작했다.

"무수히 빛나는 밤하늘의 별."

그를 둘러싼 세상이 느리게 움직이기 시작했다.

촤라라라!

촤아아!

하지만 그가 춤을 추며 허공에 궤적을 그리는 검로는 너무나 빠르게 펼쳐졌다.

'저놈이 어떻게 저 검법을……!'

별자리를 그리듯 검초를 이어 나가는 제갈군을 바라보는 황보동의 입에서 저도 모르게 탄식이 흘렀다.

한데 그럴 만도 했다.

지금 제갈군이 펼치고 있는 검식은 다름 아닌…….

"그것이 모두 제갈의 검이라."

제갈세가의 가주만이 사용할 수 있다는 절예.

대천성검법(大天星劍法)이었으니까.

서거걱!

푸아아!

"끄악!"

"커컥!"

그 순간, 끔찍한 절삭음과 파육음이 터져 나왔고 천왕대원들이 피투성이가 되어 바닥에 힘없이 허물어졌다.

'도, 도망가야 해!'

자신의 실력을 한참이나 상회하는 천왕대원들이 제대로 싸워 보지도 못하고 죽어 나가자 자신만만해하던 황보동이 잔뜩 겁에 질려 뒷걸음질을 쳤다.

"황보동!"

"히익!"

그런 찰나, 당하린이 나찰처럼 매섭게 날아들었다.

파바밧!

쐐액!

동작도 보이지 않을 정도로 쾌속하게 휘두른 그녀의 좌수(左手)에서 검기를 두른 비수(匕首)들이 비처럼 쏟아졌다.

그대로 미간이 꿰뚫리려던 순간.

"크억!"

"한심한 놈! 뒤에 처박혀 있어라!"

어느새, 몸을 날린 황보준이 아들의 목덜미를 잡아채 멀찍이 날려 버렸다.

당하린은 미간을 좁히며 이번에는 우수(右手)에서 극독이 발린 표창(鏢槍)을 쏟아 냈다.

"한낱 암기 따위로 내게 생채기 하나 낼 수 있을 것 같더냐!"

하지만 황보준은 비웃음이 가득한 표정으로 외쳤다.

우우웅!

우웅!

수미천왕신공(須彌天王神功)의 내기가 황보준의 전신에서 폭발하며 터져 나왔다.

당하린을 가볍게 압도하는 내공량의 차이였다.

티티팅!

티팅!

"맞지 않으면 그뿐!"

일조편(一條鞭)의 금나수법으로 날아든 표창을 모두 골라내어 땅에 던져 버린 황보준은 다른 손에 쥐고 있는 검에 내기를 집중했다.

촤아아아!

콰가가!

'검강!'

그의 검에서 선명하기 그지없는 검강이 웅장한 모습을 드러냈다.

자신과의 현격한 격차를 나타내는 완벽한 검강의 형태에 그녀는 몸에 힘이 빠지는 것 같았지만, 이를 악물고 다음 공세를 이어 나갔다.

'이번 한 번에 모든 것을 건다!'

그녀가 왼손 검지와 오른손 검지에 끼고 있던 반지를 꾹 눌렀다.

'크윽!'

그와 동시에 당하린의 양손이 검푸른 빛으로 빠르게 물들기 시작했다.

파바밧!

촤아아!

"태왕진천(太王鎭天)!"

그런 찰나, 어느새 당하린의 코앞까지 당도한 황보준도 자신의 절초를 펼쳐 내고 있었다.

"구독갈미(九毒蝎尾)!"

당하린이 십자로 교차시킨 자신의 팔을 적을 향해 맹렬히 휘둘렀다.

촤아아!

파아아!

구독갈미는 두 반지의 보석에 극소량이 담겨 있던 팔대극독, 상린남영(祥鱗藍影)과 반구혈장(盤鳩血漿)을 자신의 손에 직접 투여해 그 독을 적에게 박아 넣는 최후의 비기였다.

하지만.

"쿨럭!"

그렇게 두 사람이 교차한 이후, 당하린이 입에서 한 움큼의 피를 쏟아 냈다.

그녀의 손톱이 모두 부서져 피가 흐르고 있었다.

황보준의 무복이 너덜너덜 찢겨 있었다.

한데 찢긴 옷 속으로 상서로운 기운을 내뿜는 황금빛 갑주가 비치고 있었다.

"당 소저!"

제갈군이 그녀를 향해 소리를 내질렀다.

하지만 살아남은 천왕대원과 다른 정검맹의 무사들이 그의 앞을 가로막았다.

"네년의 어미도 나를 이기지 못했건만, 너 따위가 감히 날 이길 수 있을 것 같더냐."

저벅저벅 걸어오는 황보준이 피가 묻은 검을 천천히 들어 올렸다.

'……여기까지인가.'

쌍수(雙手)를 파고든 독기에 피할 힘조차 사라진 당하린이 천천히 눈을 감았다.

그 모습을 보며 승자의 미소를 지은 황보준이 자신의 검을 내리그었다.

"그대로 얌전히 저승으로 가거……!"

콰가가가!

퍼엉!

하지만 놈의 검은 당하린에게 닿지 못했다.

거대한 뇌성이 갑자기 전장을 휩쓸더니, 어느새 황보준의 신형이 제 아들의 곁에 처박혀 있었다.

갑작스런 상황에 두 눈을 끔뻑이던 천왕대원들의 눈에.

'……의생?'

의원의 복식을 하고 있는 한 사내의 모습이 들어왔다.

의문인을 보며 당하린이 작게 미소 지었다.

"가……주님."

"그래, 내가 왔다."

신의, 아니 유신운이 그녀를 지켜 냈다.

❦

"크윽!"

불의의 일격을 맞은 황보준은 고통에 찬 신음을 흘리고 있었다.

어찌나 강하게 날아가 부딪혔는지 암벽이 움푹 들어가 있을 정도였다.

"아, 아버님!"

황보동이 깜짝 놀라 다급히 다가갔다. 그의 얼굴은 당혹감으로 물들어 있었다.

'……이게 무슨?'

정신을 차린 황보준은 자신의 부끄러운 꼴을 확인하고는 얼굴을 구겼다.

"비켜라!"

이어 황보동의 손길을 거칠게 뿌리치며 자신에게 일격을 날린 상대를 노려보았다.

적들의 수장인 유신운이 아닌 한낱 의원이라는 것을 확인한 그의 표정이 흉신악살처럼 바뀌었다.

'어떤 사술을 사용한 거지?'

현경에 도달한 그의 기감(氣感)은 분명 완벽히 방어 태세를 구축해 냈다.

그런데 상대는 그것을 가볍게 뚫고 일격을 성공시켰다.

'저리 새파랗게 젊은 놈이 나와 동일한 경지를 이루었다고? 말도 안 되지.'

그는 상대가 신의 유의태라는 것을 뒤늦게나마 알아차렸지만, 끓어오르는 분노와 모멸감에 상대를 객관적으로 바라보지 않고 있었다.

스아아!

황보준의 검에서 다시금 선명한 검강이 형상을 갖추기 시작하였다.

"……비겁하게 방심한 틈을 노리다니. 같은 수가 또 통할 거라 생각지 마라."

하지만 황보준의 말에도 상대는 쳐다보지도 않고 있었다.

"곧 편안해질 거다."

유신운은 조화신기를 끌어 올리며 당하린의 상태를 확인할 뿐이었다.

"의원 따위가 감히 날 무시하는 거냐!"

그에 황보준이 버럭 화를 내며 유신운에게 살기를 내뿜었다.

하지만 유신운은 놈을 쳐다보지도 않고 여전히 등을 돌린 채, 얼음장처럼 싸늘한 목소리로 말했다.

"시끄럽군."

"뭣?"

"그리 발악하지 않아도 알아서 죽여줄 테니 가만히 닥치고 있어라."

"이놈이 감히 누구에게……!"

쐐애액!

콰가가!

황보준은 제 말을 끝마치지 못했다.

어떤 준비 동작도 보이지 않았건만 갑작스레 파공성과 함께 검기의 조각들이 그를 향해 날아들었기 때문이었다.

"흐읍!"

황보준이 식겁하며 검강으로 의문의 검기들을 방어하기 시작했다.

하지만 놀람은 거기서 그치지 않았다.

콰가가가!

파즈즈!

검강과 검기가 격돌하며 푸른 불꽃을 쏟아 낸 순간.

'이게 무슨?'

황보준은 등뒤로 한 줄기 식은땀이 흘러 내렸다.

천지차이의 격차가 있는 검강과 검기이건만, 그의 검강은 상대의 검기를 소멸시키지 못하고 겨우 튕겨 내는 것에 그치고 있었던 것이다.

검에 실려 느껴지는 무게감이 달랐다.

응집해 있는 기의 밀도가 완전히 다른 느낌이었다.

쐐애액!

바람이 찢어지며 또다시 소름끼치는 파공성이 울려 퍼졌다.

'다시 온다!'

또다시 상대는 어떠한 동작도 취하지 않았건만, 검격이 날아들고 있었다.

황보준은 이를 악물고 검기를 튕겨 내는 데 온 힘을 집중하였다.

그 모습을 지켜보는 천왕대원들과 황보동의 표정은 당혹스럽기 그지없었다.

격의 차이를 느끼며 전장에 끼어들 엄두조차 내지 못하고 있었다.

그렇게 가볍게 적을 농락하고 있는 가운데, 유신운의 눈에 이채가 떠올랐다.

'선천진기를 억지로 끌어 올린 탓에 내부의 기혈이 엉망이 되어 들끓고 있다. 빠르게 치료하지 못하면 주화입마에 들 수 있어.'

스아아!

진단을 끝낸 유신운의 전신에서 녹빛의 신묘한 기운이 일렁이기 시작했다.

청낭 선의술이 발현되고 있었다.

유신운은 녹색의 기운이 감도는 양손을 당하린의 어깨에 슬며시 내려놓았다.

스아아!

유신운의 조화신기가 빠르게 당하린의 전신에 퍼져 나가기 시작했다.

"환혼현원(還魂玄原)."

그의 한 마디와 함께 환자의 혼마저 되돌린다는 치유술의 극치가 시전되었다.

본래 선천진기는 한 번 사용하면 절대 다시금 채울 수 없다.

그렇기에 무인들은 죽음을 각오한 마지막 순간에만 선천진기를 끌어 올렸다.

'……선천진기가 차오르고 있어.'

눈을 감고 운기조식을 하고 있는 당하린은 파도처럼 출렁이고 있는 자신의 선천진기를 느끼며 속으로 탄성을 내질렀다.

청낭 선의술의 극의라 할 수 있는 환혼현원은 선천진기마저 소생시키고 있었다.

'이 정도면 되겠군.'

당하린의 상태를 확인한 유신운이 가볍게 손가락을 튀겼다.

스아아!

그와 동시에 당하린의 신형이 서서히 옅어지더니 그대로 자리에서 사라졌다.

"……!"

황보동은 너무 놀란 나머지 입을 쩍 벌리고 있었다.

신의가 손가락을 튀기는 것만으로 진법의 바깥으로 당하린을 보냈음을 알아차린 것이다.

'……말도 안 돼. 타인이 펼친 진법을 어떻게 저리 쉽게 조작할 수 있는 거지?'

단언컨대 만상자가 살아 돌아온다 해도 불가능한 영역이리라.

"크윽! 빨리 놈을 해치우고 아버님을 도와라!"

마음이 다급해진 황보동이 제갈군을 몰아붙이고 있던 천왕대원들을 다그쳤다.

그 모습을 지켜보던 유신운이 허공에 손을 뻗었다.

갑자기 생겨난 허공의 아지랑이 속에서 무언가를 꺼낸 유신운이 제갈군을 향해 물건을 던졌다.

휘익!

처척!

제갈군은 저도 모르게 그 물건을 손에 쥐었다.

'……검?'

유신운이 그에게 던진 것은 칼날마저 칠흑으로 물들어 있는 장검 한 자루였다.

스아아!

촤아아!

제갈군이 의문의 흑검(黑劍)을 쥔 순간 검의 내부에서 압도적인 기운이 흘러 들어오고 있었다.

"……이건?"

"선물이다."

"상황이 상황이니만큼 사양 않고 감사히 써 보겠습니다!"

파바밧!

유신운의 말에 제갈군이 대답하며 적들에게 전광석화처럼 달려들었다.

흑검에서 느껴지는 압도적인 요기(妖氣)에 황보동이 수하들에게 소리쳤다.

"은총의 힘을 사용해라! 당장 죽엿!"

"흐아앗!"

황보동의 외침과 동시에 천왕대원들이 오염된 마나를 폭발적으로 쏟아 내기 시작했다.

하지만 그런 그들의 변화에도 제갈군은 어떠한 두려움도 없어 보였다.

–무릎을 꿇어라, 쓰레기들.

일곱 재앙 중 하나인 '벨제붑'의 힘이 흑검에서 폭주하기 시작했다.

그랬다.

유신운이 제갈군에게 건네준 검은 도남강에게 준 것과 마찬가지로 몬스터의 권능과 보패가 합쳐진 '혼마보패'였던 것이다.

'그래, 미쳐 날뛰게 해 주마.'

벨제붑의 힘을 완벽히 장악한 제갈군은 화경 상급의 벽을 넘어 어느새 최상급에 도달하여 있었다.

제갈군이 허공에 흑검으로 궤적을 그리기 시작했다.

대천성검법.

극의.

천화유성(天火流星).

콰가가강!

퍼퍼펑!

"크아악!"

"커걱!"

벨제붑의 힘을 지닌 흑검은 제갈군의 한계를 뛰어넘게 만들어 주었다.

제갈군의 검로가 수놓은 유성우들은 천왕대원들의 전신에 수많은 구멍을 꿰뚫었다.

"히익!"

혈교에서 받은 힘을 사용하고도 천왕대원들이 모두 죽음을 맞이하자, 황보동이 바닥에 털썩 주저앉았다.

핏기 하나 없이 하얗게 질린 얼굴로 황보동은 제갈군을 바라보았다.

"제, 제갈군, 이, 이러지 마라."

"……섭옹의 한을 풀어 주겠다."

제갈군은 조금의 흔들림도 없는 표정으로, 바닥을 기며 도망가는 황보동을 향해 흑검을 높이 들어 올렸다.

"아, 안 돼!"

자신의 최후를 직감한 황보동이 비명을 내질렀지만.

쐐액!

서거걱!

섬뜩한 절삭음과 함께 황보동의 머리가 몸에서 잘려 나와 땅바닥을 뒹굴었다.

친우들의 우정을 저버린 배신자의 최후는 비참하기 그지
없었다.

"이제 너만 남았군."

"닥쳐라!"

유신운이 나직하게 말하자 황보준이 이를 갈며 소리쳤다.

'수미천왕신공으로는 이길 수 없다. 유신운을 상대할 때까
지 아껴 놓으려 했지만 어쩔 수 없군.'

곧 도래할 혈천(血天)의 날에 유신운을 해치우며 교주의
눈에 들려 했던 계획을 뒤로 하고 황보준은 힘의 봉인을 풀
었다.

스아아!

콰가가가!

황보준의 전신에서 오염된 마나가 미친 듯이 끓어오르기
시작했다.

파아앗!

처처척!

그러던 그때, 바닥에 나뒹굴고 있던 천왕대원들의 병기들
과 황보동의 검이 주인을 버리고 허공에 떠올랐다.

쐐애액!

파공성과 함께 떠오른 수많은 병기들이 유신운을 향해 폭
우(暴雨)처럼 쏟아졌다.

촤아!

파밧!

가볍게 펼친 천마군림보로 검들을 모두 피해 내며, 유신운은 상대가 사용하는 몬스터의 정체를 유추했다.

'이기어검은 당연히 아니고…… 금속 조작인가.'

어느새 황보준의 눈이 흉험한 은색으로 물들어 있었다.

놈의 그 눈을 보는 순간, 유신운의 머릿속에 한 몬스터의 이름이 떠올랐다.

은강괴룡(銀鋼怪龍), 자바워크.

날개 없는 드래곤으로 알려진 자바워크는 온몸이 마법을 무효화하는 외피를 지닌 괴물로, 강철을 지배하는 권능으로 수많은 헌터들을 사지로 몰아넣었었다.

일곱 재앙의 바로 아래 단계에 해당하는 몬스터였다.

"지금이라도 스스로 단전을 폐하고 목숨을 구걸하면 숨은 붙어 있게 해 주마."

황보준이 자신만만한 얼굴로 유신운에게 말을 꺼냈다.

선천진기마저 회복시키는 신묘한 힘을 지닌 신의를 교주에게 데려갔을 때의 보상이 더 크다고 생각한 것이었다.

하지만 유신운은 그런 녀석을 보며 어이가 없다는 듯 피식 웃으며 말했다.

"눈에 힘주고 말하면 강해 보이는 줄 아나 본데……."

"……!"

유신운의 신형이 갑자기 눈앞에서 사라지자, 황보준이 다급히 기감을 펼쳤다.

하지만 안타깝게도.

'또, 또 감지가 안 된다니!'

은총의 힘까지 사용했지만 신의는 마치 존재를 지운 것처럼, 주변 어디에도 그의 기가 느껴지지 않고 있었다.

당혹감을 겨우 억누르고 황보준은 머리를 재빨리 굴렸다.

'그래, 놈은 어차피 내게 접근해 올 터!'

스아아!

쾅가가!

허공을 부유하던 병기들이 황보준에게 날아들더니, 마치 방어막을 형성하는 것처럼 그의 주위를 원형으로 감싸며 맹렬히 회전하기 시작했다.

진입하려 들면 은총의 힘으로 검강을 상회하는 강도를 지니게 된 검에 육포처럼 살점이 잘려 나가리라.

황보준이 득의양양한 미소를 짓던 그때.

티티팅!

티팅!

갑작스레 주황빛 불꽃과 함께 파열음이 거세게 쏟아졌다.

"……!"

황보준이 터질 듯 눈을 부릅떴다.

엉망으로 찌그러진 모습으로 검들이 바닥에 튕겨 나가고 있었기 때문이었다.

그 속에서 드디어 멀쩡히 모습을 드러낸 유신운은.

"그거, 진짜 약해 보여."

황보준을 비웃으며 권강을 두른 주먹으로 그의 안면을 거세게 강타했다.

콰가가가!

퍼어엉!

압도적인 쾌속함을 지닌 일권에 황보준은 막을 생각조차 못하고 이전에 처박혔던 암벽에 다시금 날아갔다.

그 신위를 목도한 제갈군은 경악했다.

'현경에 이른 무인을 일격에……!'

흑검을 통해 한 단계 더 위로 올라가며 유신운이 얼마나 높은 경지에 있는지 더욱 직접적으로 체감할 수 있었던 것이다.

"쿨럭! 끄극!"

꼼짝없이 암벽에 박힌 채, 황보준이 입에서 검은 피를 토해냈다.

은총의 힘으로 금강불괴를 상회하는 방어력을 지니게 됐다고 자부했건만.

'끄으. 내, 내장이…….'

신의의 권격에 실려 있던 내기는 외피를 통과해 내부를 완전히 붕괴시켰다.

기혈이 산산이 찢기며 참을 수 없는 고통이 전신에서 느껴지고 있었다.

절망에 희망이 사라진 황보준은 두려움에 덜덜 떨며 자신을 향해 한 발자국씩 다가오는 유신운을 바라보고 있었다.

"왜 벌써부터 그런 표정을 짓고 있어."

그런 그를 보며 유신운은 흉신 악살과 같은 기세를 내뿜으며,

"……이제 시작인데."

사형선고를 내리고 있었다.

안휘(安徽)는 무림맹의 성벽(城壁)이라 불리었었다.

수많은 성의 중심에 있는 지리적 이점으로 인해 탐욕의 눈길을 준 곳은 너무나 많았지만, 사파 중 어느 누구도 감히 발을 내딛지 못했다.

어찌할 도리가 없었으리라.

아래로는 황산파가 굳건히 지키고 있었으며 위로는 남궁세가가 뿌리를 내리고 있었으니까.

……하지만 오늘 안휘성의 성도, 합비의 성내는.

"으아악!"

"제, 제발 살려 줘!"

고통에 찬 신음이 하늘을 찌르고, 찢긴 살점이 땅에 밟히며, 피가 강이 되어 흐르고 있었다.

말 그대로 지옥도(地獄道)가 펼쳐져 있었다.

그르르!

크아아!

기기괴괴한 형상의 요괴들이 미쳐 날뛰고 있었다.

불야성을 이루던 합비의 거리가 피에 굶주린 요괴들의 무대가 되어 있었다.

남녀노소를 가리지 않고 오로지 살아남기 위해 합비의 양민들이 숨을 죽이고 자신들의 거처에 꽁꽁 숨어 있었다.

하지만 요괴들은 그들의 희망을 짓밟고 그들의 안식처를 쑥대밭으로 만들고 있었다.

살아남은 이들 중 어떤 이들은 관청으로 달려갔지만.

"왜, 왜 문을 열지 않는 거요!"

"우리를 버리는 것이오!"

혈교가 장악한 관의 무사들은 굳게 닫은 문을 열지 않고.

"쏴라!"

"끄윽!"

"컥"

도리어 안쪽에서 그들을 향해 화살을 당길 뿐이었다.

어느 누구도 기대고 믿을 수 없는 지옥에 나가떨어진 양민들은 희망이 없는 눈으로 죽음을 기다리고 있었다.

"귀면랑님의 명이다!"

"무인들의 시체는 우측으로, 양민의 시체는 좌측으로 옮

겨라!"

그때 낭인회의 복식을 하고 있는 일단의 무리가 요괴들을 조종하며 소리를 지르고 있었다.

당연히 그들은 변장한 혈교의 무사들로 귀면랑에 대한 괴소문을 퍼뜨리기 위한 수작을 부리고 있는 것이었다.

이 모든 혈사를 만든 장본인인 혈교의 대군사, 이령주 손악기(孫堊玘)는 장악한 관사 내부에서 태사의에 앉아 수하들의 보고를 받고 있었다.

한데 무언가 이상했다.

요괴들을 통해 합비를 완전히 장악하고 머지않은 혈천(血天)을 열기 위한 제물들을 성공리에 쌓아 가고 있었음에도.

"……대군사님, 아군의 동요가 더욱 심해지고 있습니다."

"……사기를 위해 속히 수습책을 하달해 주셔야 할 것 같습니다."

장내의 분위기가 침통하기 그지없었던 것이다.

수하들의 표정은 한결같이 핏기 하나 없이 잔뜩 겁에 질린 모습이었다.

"어젯밤 사망한 3부관까지 합하면 살문의 살수들에게 목숨을 잃은 간부들의 숫자가 기백을 넘었습니다."

"이러다간 혈천의 날에 제대로 싸워 보기도 전에 저희 모두가 죽을 것 같습니다."

관사에 모인 혈교의 무사들이 공포에 질린 이유는 다름 아닌 여득구와 그가 이끄는 살문의 살수들 때문이었다.

담천군이 지휘하는 섬서의 전장 때문에 합비를 수복할 병력이 현저히 부족해진 백운세가 진영이 작전을 완전히 다르게 펼쳤다.

살문의 동시다발적인 요인 암살로 혈교 내부를 뒤흔드는 한편, 합비 내부로 소수의 정예 병력을 투입하여 숨어 있는 양민들을 구출해 내고 있었던 것이다.

수하들을 앞에 두고 철저히 표정 관리를 하고 있는 이령주였지만, 기류가 점점 이상해지고 있는 것은 그 또한 느끼고 있던 바였다.

'……근거지를 찾아 완전히 섬멸하는 것이 가장 좋은 방법이지만, 구출대의 흔적을 전혀 찾아내지 못하고 있어. 하아, 그렇게나 많은 양민을 숨길 만한 곳이 대체 어디에 있단 말인가.'

이령주는 당최 이해가 가지를 않았다.

일반 양민들이 혈교의 추종술(追從術)을 피할 수 있을 리가 없건만, 구출대는 의문의 재주로 자취를 완전히 감춰 버렸다.

합비를 빠져나가는 모든 길목에 천라지망으로 포위망을 좁혀 놓기까지 했음에도, 어느 곳에서도 흔적은 잡히지 않았다.

그렇다는즉슨 구출대가 숨은 곳은 고작해야 합비의 코앞이라는 것인데, 모든 곳을 샅샅이 뒤져도 그들의 근거지는 어디에도 보이지 않았다.

'적들 중에 십천군의 권능인 공간진을 사용할 수 있는 이가 있는 것도 아니고…….'

벽에 막힌 이령주는 이 상황을 설명할 수 있는 유일한 방법을 떠올렸지만, 이내 수하들에게 들키지 않게 작게 고개를 저었다.

자신이 떠올렸지만 말도 안 되는 가설이었다.

요괴 선인들의 수장인 십천군의 권능이자 보패인 공간진은 오로지 본인이나 그들이 허락한 자만이 사용할 수 있었으니까.

복잡한 머릿속을 겨우 진정시킨 이령주는 수하들을 마치 벌레를 바라볼 때와 같은 경멸의 시선으로 쳐다보며 말을 꺼냈다.

"……그들이 죽은 것은 적의 습격을 막을 만한 실력을 평소에 만들어 놓지 않은 죗값일 뿐. 혈천의 날이 머지않았다. 너희는 오로지 놈들의 근거지를 찾는 데에만 집중해라."

"……혈교천세."

수하들은 고개를 숙인 채, 이를 악물고 대답했다.

그들은 자신들의 목숨이 바람 앞의 촛불 신세가 된 상태였지만, 교의 명령을 거역하는 이는 즉결 처단하는 이령주였기에 불만을 목구멍 안으로 삼킬 수밖에 없었다.

수하들이 방을 떠나려던 그때였다.

스아아아!

"······!"

'이건?'

진동음과 함께 방 안에 갑작스레 음험하기 그지없는 기운이 요동치기 시작했다.

채채챙!

"적이다!"

"이령주님을 지켜라!"

수하들이 이령주를 둘러싸며 발검했다.

갑작스레 발생한 기이한 안개 속에서 검은 도복(道服)의 의문인이 모습을 드러냈다.

자신들의 키를 훌쩍 뛰어넘는 구 척 장신의 거대한 체구에 수하들이 긴장한 기색이 역력했다.

"흐읍!"

"······!"

얼굴을 본 수하들이 더욱 기겁했다.

그럴 만도 했다. 한눈에 보기에도 그는 인간의 형상이 아니었기 때문이었다.

그의 얼굴은 범과 인간을 반으로 섞어 놓은 기괴한 형상을 하고 있었다.

'······양반은 못 되는군.'

이령주가 그의 정체를 확인하곤 미간을 찌푸렸다.

"모두 물러서거라."

이령주의 명령에 수하들이 긴장은 늦추지 않은 채, 천천히 뒤로 물러났다.

그 모습을 보며 의문인이 잔혹한 미소를 지어 보였다.

"아쉽군. 조금만 더 가까이 왔으면 내 뱃속에 넣어 주었을 텐데 말이야."

금오도를 지배하는 열 명의 요괴 선인, 십천군(十天君).

그중 장천군(張天君)이 선계에서 벗어나 현세에 강림한 순간이었다.

"……선계는 어찌하고 이곳에 오신 겁니까."

"흥, 선계는 네 주인이 알아서 하고 있으니 걱정 말고. 한 데…… 내가 너 따위에게 온 이유까지 설명해야 하나?"

대놓고 아랫사람을 대하듯 하대하는 장천군의 행동에 이 령주의 두 눈에 살기가 들끓었다.

십천군과 팔령주의 관계는 본래 꽤나 균형을 갖추고 있었 지만, 팔령주의 과반수가 잇따라 죽음을 맞이하자 십천군들 이 대놓고 칠령주들에게 괄시하고 있는 상황이었다.

'한낱 축생(畜生) 따위가 인간과 함께 서려 하다니.'

이령주는 당장이라도 장천군의 목을 끊어 버리고 싶었지 만, 겨우 살심을 참아 냈다.

오로지 교주를 향한 충성심 하나로 행한 일이었다.

'클클, 아쉽군. 이놈의 목을 가지고 돌아갔을 때 놈의 표정

이 어떨지 보고 싶었건만.'

자신의 도발에 넘어가지 않은 이령주를 보며 이죽거린 장천군이 나직이 말했다.

"나는 이곳에 내 물건을 찾으러 왔을 뿐이니, 그것을 되찾으면 선계로 돌아갈 것이다."

"하아…… 그대의 물건이 이곳에 있을 리가 없잖소."

"흥! 주유 놈이 빼앗긴 내 '흑오령'의 기운이 이곳에 이리 퍼져 있건만 무슨 소리를 하는 거냐!"

"……!"

장천군의 입에서 나온 흑오령이란 말에 이령주의 눈이 터질 듯 커다래졌다.

흑오령은 곤령주이자 동창의 제독이었던 주유가 유신운에게 빼앗긴 보패로, 본래 장천군이 그에게 빌려주었던 물건이었다.

한데 그 보패의 힘이 합비에서 느껴진다니.

그 말이 의미하는 바는 하나였다.

'……정말로 백운세가의 놈들 중에 요괴선인의 공간진을 다룰 수 있는 자가 있다는 건가?'

잠시간의 침묵 이후 이령주가 장천군에게 말을 꺼냈다.

"……흑오령이 펼친 공간진 내부로 들어갈 수 있겠소?"

"본래 나의 힘일진대 그거야 어린 인간의 목을 뽑듯 쉬운 일이지."

장천군의 대답에 이령주가 조금의 망설임도 없이 곁에 있던 수하에게 명령을 하달했다.

"……요병단(妖兵團)을 준비시켜라."

"예?"

"지금 당장 적의 근거지를 습격할 것이다."

당황한 수하를 향해 이령주가 얼음장처럼 차가운 목소리로 학살을 명하고 있었다.

✦

합비의 성도가 내려다보이는 어느 산의 중턱.

그곳에 일련의 무인들이 사뭇 진지한 모습으로 자리하고 있었다.

한데 그 면면이 대단했다.

사천당가의 전대 가주, 독후(毒后) 당소정(唐小正).

모용세가의 가주, 모용명.

구(舊)무림맹을 이끌던 두 존자와.

유신운을 따르는 신사파련(新邪派聯)의 초대련주인 풍림방주 풍월검(風月劍) 도백건(度白鍵).

부련주, 천마장주 적마창(赤馬槍) 여손권.

냉가장(冷家莊)의 장주 냉호열까지.

지금 당장 이곳에서 정사대전이 이루어진다고 해도 이상

하지 않은 조합이었다.

하지만 조금의 거리도 두지 않고 함께 서 있는 그들은, 똑같은 서글픈 눈빛으로 합비를 내려다보고 있었다.

그러던 그때였다.

"구출대가 귀환합니다!"

전형적인 낭인의 복식을 한 사내가 그들을 향해 커다랗게 소리쳤다.

낭인의 시선이 닿은 곳에 일단의 무사들이 줄을 지은 양민들을 거느린 채 빠르게 다가오고 있었다.

"결계를 해제해 주십시오!"

낭인의 말에 모두가 한 여인을 바라보았다.

모용미가 보패, '흑오령'을 한 손에 들고 있었다.

눈을 감은 그녀가 흑오령에 천천히 기운을 불어넣자.

스아아!

촤아아!

반구(半球)의 형태로 산 전체를 둘러싸고 있던 반투명한 장막이 서서히 걷히기 시작했다.

잠시 생긴 틈새로 사람들이 빠르게 진입했다.

모두가 들어온 것을 확인하자 모용미가 다시금 결계를 가동했다.

"윽!"

외마디 신음과 함께 모용미가 비틀거리자 곁에 있던 언소소가 한걸음에 달려와 그녀를 부축했다.

모용미의 안색은 큰 병을 앓는 사람처럼 너무나 안 좋았다.

"모용 언니, 이 이상은 무리에요. 휴식을 취해야 해요."

"아니야, 난 괜찮아."

"하아, 언니……."

언소소의 만류에도 모용미는 억지로 웃음을 지어 보이며 결계를 유지하기 위해 운기조식에 들어갔다.

오로지 사람들을 구하기 위해 자신의 목숨을 태워 가고 있는 모용미를 바라보는 언소소의 눈에 안타까움이 깃들었다.

'내가 도울 수 있으면 좋으련만…….'

마음 같아서는 자신도 보패를 사용하고 싶었지만.

─……널 구하기 위해 불어 넣었던 나의 선기(仙氣)가 체내에 자리를 잡았다. 이 힘을 사용하면 이 보패도 온전히 사용할 수 있을 거다.

저 보패를 사용할 수 있는 것은 오로지 모용미뿐이었다.

흑요령은 새로운 주인으로 유신운을 택했는데, 모용미가 납치당했을 때 불어넣었던 유신운의 기운이 미약하게나마 흑요령을 사용할 수 있도록 해 주고 있었던 것이었다.

"여기부터는 안전합니다. 모두 마음 놓고 있으셔도 될 듯

합니다."

"줄 것이 이것밖에 없어 미안하오."

행방이 묘연했던 개방의 방주, 주취신개(酒臭神丐) 장유(張裕)가 양민들에게 벽곡단을 나누어 주고 있었다.

그리고 그를 정사(正邪)의 무인들, 낭인들, 살수들이 한데 뒤섞여 움직였다.

혈교가 저지른 대혈란 속에서, 무림인들은 소속의 구분 없이 모두가 한마음이 되어 양민들을 돕고 있었다.

3장

"휴우, 이제는 양민들을 재울 공간마저 모자라군."

양민들을 모두 안전히 이동시킨 주취신개는 깊은 한숨을 내쉬며 모용명에게 다가왔다.

'이렇게 버티는 것도 얼마나 더 가능할지 모르겠네.'라는 뒷말이 함축되어 있다는 것을 모르는 바가 아니기에 모용명의 표정 또한 주취신개와 별반 다르지 않게 어두웠다.

"……딸아이는 괜찮나."

"방금도 격체전공으로 기운을 불어 넣어 주고 왔지만, 점점 생기를 잃고 있네."

주취신개의 걱정 어린 말에 모용명은 쓴웃음을 지으며 말했다.

어둠이 내려앉고 고요함 만이 남은 산 아래를 내려다보며 주취신개가 슬픈 목소리로 말을 꺼냈다.

"육망과 현학의 말을 귀담아들을 걸 그랬어."

"……."

담천군에게 죽은 소림사의 방장 육망선사와 무당파의 장문인 현학도장은 주취신개에게 가장 먼저 무림맹에 깃든 어둠에 대해 일러 주었었다.

하지만 주취신개는 중립을 지킨다는 명목하에 그들의 말을 귀담아 듣지 않았다.

'아니, 믿고 싶지 않았던 것이겠지.'

오랜 시간을 함께 했던 두 사람이 끔찍한 죽음을 맞이한 이후, 그는 너무나 큰 충격을 받았다.

하마터면 심마에 들 뻔했을 정도였다.

하지만 심마의 끝에서 그는 정신을 붙잡고 깨어났다.

오로지 그들의 죽음을 헛되지 않게 하리라는 의지로 이뤄 낸 일이었다.

무림맹의 수많은 이탈자들이 안전하게 백운세가로 이동할 수 있었던 데에는 주취신개와 개방의 역할이 가장 컸다.

개방의 방도들이 지난 오랜 세월 간 구축한 정보망과 안전한 탈출로를 완전히 공유해 이탈자들을 안전하게 지킨 것이었다.

"유신운, 그자가 암약하며 대항 세력을 미리 만들어 놓지 않았다면…….”

“……정말 끔찍한 일이 벌어졌겠지.'

주취신개와 모용명은 진실로 그렇게 생각하고 있었다.

모용명은 자식을 구해 준 빚을 지니고 있었기에 본래 유신운에 대한 깊은 믿음을 지니고 있었지만, 주취신개는 마음속에 항상 한 줄기 의심을 지니고 있었다.

그러나 담천군이 본색을 드러냄과 동시에 백운세가가 숨기고 있던 전력을 쏟아 내자 유신운이 얼마나 오랜 시간을 홀로 준비하고 있었는지 깨닫고 그에게 감복할 수밖에 없었다.

우우웅!

그러던 그때, 옅게 깔린 흑오령의 장막이 이상 징후를 나타냈다.

바깥에서 느껴지는 강대하기 그지없는 요기(妖氣)와 내기에 모용명이 한 사람을 떠올렸다.

“살문주가 돌아오는가 보군.”

살문주란 여득구를 칭하는 말이었다.

그들은 자칭 유신운의 의형제라는 여득구를 매우 높게 평가하고 있었다.

처음에는 사특한 요기를 발하는 것에 거부감이 있었지만, 얼마 자나지 않아 자신들을 상회하는 고수로 인정할 수밖에 없었다.

마도(魔都)가 된 합비에 침투해 적들을 무차별적으로 암살하는 위험천만한 임무를 지금까지 단 한 번의 실패 없이 치러 내고 있었으니까.

"귀면랑과 신의에 이어 살문주라니, 유 가주의 인맥은 어디까지인지 모르겠군."

"클클, 가주가 무림맹에 계속 있었다면 차기 맹주의 자리는 따 놓은 당상이었겠어."

주취신개의 농에 모용명은 피식 웃음이 흘러나왔다.

우우웅!

우웅!

그러나 두 사람의 미소는 금세 사라지고 말았다.

위험을 알리는 흑오령의 장막이 미친 듯이 진동하고 있었기 때문이었다.

'……느껴지는 기운의 파동이!'

'너무 많다!'

혈교가 이곳의 위치를 알아냈다.

두 사람은 한 순간에 최악의 상황이 펼쳐졌음을 깨달았다.

"적이다!"

"모두 전투를 준비하라!"

그들은 동시에 사자후를 터뜨리며 비상사태를 알렸다.

그러자 가장 먼저 당소정이 이끄는 당가의 무인들이 뛰쳐나왔고 뒤이어 사파련의 모든 무사들과 낭인들이 각자의 무기를 들고 모여들었다.

방어 전선을 구축하고 난 후 모용명은 곧장 모용미에게로 다가갔다.

"미아야."

"……아버님."

흑요령을 사용하고 있는 모용미는 사태의 심각함을 이미 알고 있었다.

느껴지는 적들의 숫자가 너무나도 많았고 고수의 숫자도 자신들을 가볍게 상회했다.

"그동안 고생했다. 이제 그만 장막을 거두어라."

"……!"

모용미의 눈동자가 터질 듯 커졌다.

장막을 거두란 말의 의미는 하나.

모든 무인들이 죽음을 각오하고 최후의 전투에 임하겠다는 것이리라.

스윽.

"이걸 가지고 모든 양민들을 데리고 백운세가로 가거라."

"흐흑!"

모용명이 그에게 건넨 것은 다름 아닌 대대로 모용세가의 가주만이 사용할 수 있는 보검, 칠성검(七星劍)이었다.

다음 대의 가주를 맡긴다는 딸에게 건네는 마지막 작별 인사에 모용미가 눈물을 뚝뚝 흘렸다.

"……가거라."

모용미의 검을 대신 들고 모용명은 뒤를 돌았다.

파바밧!

등을 돌린 모용명에게 모용미는 예를 갖춘 후, 전력을 다해 양민들에게 달려갔다.

'딸아, 너만은 제발 살아 다오.'

끝까지 뒤를 돌지 않은 모용명은 기운을 폭발시키며 서서히 걷혀 가는 장막의 틈새로 달려 나갔다.

뿔뿔이 흩어져 있던 양민들이 신호에 따라 한곳에 모두 모여 있었다.

"어, 어떻게 된 겁니까."

"적들이라뇨?"

그들은 잔뜩 겁에 질린 모습이었다.

합비의 혈사를 직접 겪은 그들은 공포에 물들어 있었다.

"……걱정 마십시오. 뒤는 저희가 지킬 것이니 여러분은 산을 내려가 그대로 안휘를 빠져나가면 됩니다."

"자, 자, 모두 저를 따라오세요! 급한 상황이니 모두 빠르게 움직이셔야 합니다!"

경초방과 언소소가 양민들을 진정시키며 선두에서 이끌기 시작했다.

경초방 또한 모용미와 같은 상황을 겪었는지, 그의 손에 개방의 신물인 타구봉(打狗棒)이 들려 있었다.

주취신개 또한 개방주의 자리를 자신의 제자인 경초방에게 물려준 것이다.

크아아아!

콰가가가!

그런 와중에 뒤편에서 고통에 찬 신음과 동시에 거대한 폭음이 터져 나왔다.

결국 적들과의 전투가 시작된 것이었다.

세 사람은 표정이 굳었지만, 이를 악물고 양민들을 인도했다.

그렇게 한 시진의 시간이 훌쩍 흘렀다.

하지만 양민들 중 회복하지 못한 부상자가 많아 진군 속도는 계속해서 느려졌고, 그 와중에 적들의 추격은 점점 가까워 오고 있었다.

-함산(슘山)을 거쳐서 화현(和縣)까지만 당도하면 백운세가의 전력들이 기다리고 있을 겁니다.

-한데 시간 내에 당도가 가능할지…….

-……최악의 상황에는 저희도 존장분들과 뜻을 같이하죠.

-물론입니다.

그들 또한 목숨을 걸리라 다짐하던 그때였다.

스아아!

갑작스레 뒤편에서 엄청난 내기의 파동이 느껴졌다.

그아아아!

공기가 찢기는 듯한 귀가 먹먹해지는 파공성과 함께 가공할 기파가 양민들의 행렬을 향해 날아들고 있었다.

"······!"

"위험······!"

파바밧!

모용미가 다급히 소리치던 찰나, 경초방은 이미 취리건곤보(醉理乾坤步)를 펼치며 뒤편을 향해 전광석화처럼 몸을 날리고 있었다.

부우웅!

취팔선공(醉八仙功)의 내기를 머금은 청록색의 타구봉이 그의 손에서 맹렬히 회전하고 있었다.

파밧!

경초방이 진각을 박차며 허공에 뛰어올랐다.

삼십육로타구봉법(三十六路打狗棒法).

비의(秘義).

사족앙천(四足仰天).

청록빛의 태풍이 깃든 타구봉은 부드러우면서도 쾌속하게 허공을 수놓았다.

수십의 봉영(棒影)이 수백으로, 수천으로 갈라지며 양민들을 노리던 기파를 강타했다.

꽈르르릉!

콰가강!

타구봉과 기파가 격돌하자 천둥이 내리꽂힌 듯한 뇌성벽력(雷聲霹靂)이 주변을 뒤흔들었다.

"괜찮아요?"

언소소가 다급히 달려와 경초방의 곁에 섰다.

'엄청난 마기다. 소멸시키려 했지만 튕겨 내는 것이 고작이었어.'

경초방은 가쁜 숨을 몰아쉬며 수풀 속에서 쏘아지는 압도적인 마기의 인물을 노려보고 있었다.

"호오, 벌레가 제법이로군."

수풀이 의문인의 주변에서 쏟아지는 가공할 독기(毒氣)에 뚝뚝 녹아내렸다.

이령주, 손악기와 장천군이 제 모습을 드러냈다.

다른 병력은 없었다. 요병대의 전력은 모두 적들에게 남겨 놓은 채, 두 사람은 빠른 속도로 진격해 온 것이었다.

"으, 으으."

"아으."

합비의 살육의 현장에서 느꼈던 기운을 퍼뜨리는 두 사람에 양민들이 공포에 질려 신음을 흘리고 있었다.

"모든 무사들은 양민들을 안전한 곳으로 이끌라!"

경초방이 사자후를 터뜨리자 모든 무인들이 빠르게 양민

들을 이끌고 전장을 벗어나기 시작했다.

소수의 결사대를 제외하고는 모두 양민들을 돕는 데에 사력을 다하고 있었다.

"클클, 그래. 가게 두어 주마. 본 식사를 마치고도 여흥 거리가 있어야 하니."

견뎌 내는 것만으로 내부를 진탕시키는 지독한 사기(邪氣)와 요기(妖氣)를 내뿜으며 장천군이 뇌까렸다.

채채챙!

"가주님을 지켜라!"

모용세가의 검수들이 일제히 검을 뽑아 들며 이령주에게 달려들었다.

파바밧!

그와 동시에 사결 거지들이 개방의 절진, 타구진(打狗陣)을 펼치며 함께 달려들었다.

조금의 피로도 느껴지지 않는 파도 같은 거센 기세였다.

하지만 장천군과 이령주는 자신들에게 전광석화처럼 다가오는 무사들을 한낱 날파리 대하듯 무시하고 있었다.

"흥, 잔챙이들은 네가 맡아라."

"……그러도록 하지."

이령주가 탐탁지 않은 마음을 숨기고 대답과 함께 앞으로 달려 나갔다.

스아아!

콰아아아!

이령주의 전신에서 오염된 마나가 폭발하듯 치솟아 올랐다.

'말도 안 돼.'

'무슨 기운이……!'

모용세가의 검수들과 개방의 거지들이 당혹감을 숨기지 못했다.

자신들의 경지를 아득히 뛰어넘는 힘이었기 때문이었다.

촤라라라!

까드득!

이령주의 보보(步步)를 따라 지독한 한기(寒氣)가 잇따랐다.

그가 지나온 길이 하얗게 얼어붙어 있었다.

전생에서 '조소하는 학살자'라 불리었던 몬스터, 니드호그 (Nidhogg)의 권능이 이곳에서 발현되고 있었다.

"죽어라!"

"풍호설무(風虎雪霧)!"

어느새 지근거리까지 도착한 모용세가의 검수들이 반으로 쪼개 버릴 기세로 정수리로 검을 내리찍었다.

개방의 거지들 또한 양옆을 점하며 각자의 절초를 꽂아 넣었다.

좌우와 위를 모두 장악당한 이령주는 조금도 회피할 생각이 없어 보였다.

스아아!

이령주가 쥐고 있는 검이 그가 걸어온 길처럼 백색으로 물들어 있었다.

"안 돼!"

폭사되는 마기에 위험을 직감한 경초방이 사제, 사형들을 구하기 위해 몸을 날렸다.

하지만 경초방보다 한발 앞서.

촤라라라!

콰가가!

이령주가 설검(雪劍)으로 검무(劍舞)를 펼쳐 내었다.

검이 결을 따라 움직일 때마다 눈송이가 꽃잎처럼 흩날리기 시작했다.

한없이 아름다워 보이는 그 눈송이는 너무나도 치명적이었다.

튕겨 내려, 베어 내려 눈송이에 각자의 무기를 휘두른 무사들은.

쩌저적!

눈송이에 닿자마자 그대로 온몸이 얼어붙어 기둥처럼 박혀 버렸다.

다른 령주들과 달리 이령주는 몬스터의 힘과 무공의 조화를 거의 완벽에 가깝게 사용하고 있었다.

"이 개자식이!"

자신들의 형제들이 참혹한 죽음을 맞이하자 경초방이 이성을 잃고 달려들었다.

그에 맞춰 이령주가 검을 내리그어 설풍(雪風)을 쏘아 냈다.

"안 돼요!"

경초방이 설풍에 직격당할 찰나, 언소소가 겨우 몸을 날려 그를 구했다.

"크윽!"

두 사람은 나려타곤의 수법을 사용해 땅을 굴러 겨우 목숨을 건졌다.

그런 상황 속에서 장천군이 살기 가득한 시선으로 모용미를 노려보고 있었다.

"……그래, 네년이 내 흑오령을 가져갔구나."

보패의 주인이라는 말에 모용미의 표정이 급속도로 어두워졌다.

-이 물건은 선인들과 대척점에 있는 요괴 선인들이 사용하던 물건이다. 만일 이것을 회수하러 장본인이 온다면 뒤도 돌아보지 말고 도망가도록 해라.

'……가주님.'

흑오령을 받을 때, 유신운이 당부했던 말이 그녀의 머릿속을 스치고 있었다.

　

　

　짐승의 얼굴을 하고 있는 장천군이 그녀를 보며 비릿하게 입꼬리를 비틀었다.

　"보패를 넘긴다면 편안히 스스로 자결하게 해 주지."

　놈은 대단한 양보를 한다는 듯 그렇게 말했다.

　스아아!

　모용미는 대답 없이 칠성검을 들어 올렸다.

　끌어 올린 그녀의 내기가 폭발적으로 휘몰아치고 있었다.

　"클클, 이미 시체나 다름없는 년이 발악을 하는구나."

　하지만 장천군은 한눈에 그녀의 상태가 정상이 아니라는 것을 알아차렸다.

　그동안 흑오령을 자신의 능력 이상으로 사용하느라 몸 상태가 최악이었던 것이다.

　"그럼 가볍게 놀아 볼까."

　파밧!

　장천군이 발을 구르며 엄청난 속도로 날아들었다.

　콰득!

　콰드득!

　녀석의 발이 닿은 땅이 비명을 지르며 짐승의 발자국이 새겨졌다.

보법이 아닌 그저 압도적인 요기를 두른 걸음이었다.

저 하나만으로 장천군이 지닌 가공할 신체 능력을 보여 주고 있었다.

"가주님을 수호하라!"

"검진을 유지해라!"

이령주의 공격에 살아남은 몇 안 되는 모용세가의 검수들이 모용미를 덮치는 장천군의 앞을 가로막았다.

스아아!

쐐애액!

그들은 모용미를 구하기 위해 목숨을 걸었다. 선천진기를 끌어 올린 그들의 검에서 자신들의 경지를 넘어선 선명한 검 강이 모습을 드러냈다.

유성처럼 떨어져 내리는 검들이 허공에 새겨진 궤적을 따라 살아 움직이고 있었다.

"네놈들의 피로 혀를 축이리라!"

장천군의 눈이 핏빛으로 붉게 물들었다.

그드득!

그와 동시에 놈의 손톱이 범의 그것처럼 날카롭게 자라났다.

-그르릉!

쐐애액!

콰가가가!

입에서 짐승의 포효를 내뿜으며 장천군이 쏟아지는 검날들을 손톱으로 베어 냈다.

콰드득!

까강!

검강을 두른 모용세가 검수들의 검이 종잇장처럼 찢겨 나갔다.

"죽엇!"

"흐아아!"

일 합을 견디지 못하고 검이 부서졌지만, 검수들은 포기하지 않고 반 토막이 되어 버린 검을 장천군의 몸에 박아 넣었다.

아니, 박아 넣으려고 했지만…….

티팅!

"……!"

검수들이 아연실색했다.

그들의 검 중 어느 하나도 장천군의 피부를 뚫지 못했다.

만년한철로 만든 갑주처럼 장천군의 외피는 단단하기 그지없었다.

"죽어라."

외마디 선언과 함께 장천군이 손톱을 맹렬히 휘둘렀다.

푸푹!

무림세가
전생랭커

서걱!

살점이 꿰뚫리는 섬뜩한 소리가 울려 퍼짐과 동시에 검수들의 팔과 다리가 허공에 비산했다.

"끄극, 쿨럭!"

"아, 가씨……."

피를 토하며 쓰러진 모용세가의 검수들의 눈에 생기가 빠르게 사라졌다.

대지가 검수들이 흘린 피로 붉게 물들었다.

"다음은 네년이다!"

장천군은 멈추지 않았다.

콰가가가!

공기를 찢어발기는 파공성과 함께 네 발로 땅을 짚으며 전광석화처럼 모용미에게 달려들고 있었다.

스아아!

모용미가 황금빛 검강이 깃든 칠성검으로 모용세가의 절기를 펼쳐 내기 시작했다.

섬광분운검(閃光分雲劍).

육초.

광영섬명(光榮閃明).

모용세가의 검의 극치는 쾌(快)를 넘어선 쾌.

빛조차 갈라 버린다는 섬광분운검의 검기(劍技)가 모용미의 손에서 재현되고 있었다.

엄청난 속도로 펼친 모용미의 검이 끊임없이 분열하며 장천군의 급소를 노리고 있었지만.

좌라라라!

콰가가!

장천군은 조금의 막힘도 없이 쏟아 낸 공격을 모조리 튕겨 내고 있었다.

공격을 펼치는 것은 모용미였지만 수세에 몰리고 있었다.

'……이런 기운이!'

그때, 어쩔 수 없는 내기의 부족함 때문에 그녀의 검끝이 흔들렸다.

씨익.

장천군은 그 짧은 빈틈을 놓치지 않았다.

서거걱!

음험하기 그지없는 미소와 함께 녀석의 손톱이 모용미의 어깨를 긋고 지나갔다.

모용미는 차오르는 끔찍한 고통을 꾹 참아 내며 뒤로 물러났다.

녀석의 손톱이 낸 상처는 칼로 난 자상같이 길게 새겨져 있었다.

한눈에 보기에도 상태가 안 좋아진 그녀를 확인한 언소소가 다급히 경초방에게 전음을 보냈다.

-언니를 도와야 해요!

-알겠소! 합공으로 어떻게든 이놈을 밀어내고 모용 소저에게 합류합시다!

-알겠어요! 시간을 잠깐만 끌어 줘요!

언소소의 말뜻을 곧바로 이해한 경초방이 신법을 전력으로 발휘하며 이령주에게 달려들었다.

"제대로 매타작을 해 주마!"

"더러운 거지 새끼가!"

타구봉이 태풍처럼 거센 기세로 이령주에게 날아들었다.

이령주는 니드호그의 힘을 다시 발현하며 한기를 뿜어냈다.

경초방을 그대로 빙상(氷像)으로 만들어 버릴 작정이었다.

언소소는 경초방이 그렇게 시간을 벌어 주자 자세를 갖추고 주먹에 온 내기를 집중시키기 시작했다.

진주언가의 절기는 바로 권법(拳法)에 있었다.

'일격에 모든 것을 건다.'

본래 권사와 빙공(氷功)은 상성이 매우 안 좋았다.

권법은 어쩔 수 없이 적에게 직접적으로 타격하는 무공이기 때문이었다.

맞닿을 때마다 한기에 맨살이 그대로 노출되니, 아무리 기운을 둘렀다고 한들 저런 극상의 빙공이라면 합을 나눌수록 살점이 얼어붙어 가는 것이다.

'가주님이 알려주신 비전(秘傳)으로.'

그녀는 눈을 감고 천천히 유신운이 수련하며 알려 준 말들을 떠올렸다.

－발끝을 뿌리내린 나무처럼 땅에 박고, 허리는 격류처럼 회전시켜라. 손을 뻗음은 유성처럼 신속하게.

－그리고 마지막으로 활시위를 당기듯 경(勁)을 한 점에 집중시킨 후…….

'……화살을 쏘듯 발경(發勁)한다!'

순간 눈을 뜬 언소소가 오른손에서 미친 듯이 폭주하고 있는 권강을 일직선으로 쏘아 냈다.

금천백야권(金天魄野拳)

오의.

백야압경(魄野壓勁)

꽈르르릉!

콰가가가!

우레가 떨어진 듯 엄청난 폭음과 함께 권강의 해일이 허공을 꿰뚫고 날아갔다.

무형(無形)의 권강이 자신의 등 뒤로 날아오는 것을 확인한 경초방은.

"그럼 잘 드시고."

파밧!

일부러 지근거리까지 권강이 도착할 때까지 이령주의 시선을 끌다가 풀쩍 뛰어 올랐다.

"뭣? 흐읍!"

그에 이령주가 처음으로 신음을 흘리며 당혹감을 표출했다.

쐐애액!

"크윽!"

권강의 폭풍이 이령주를 덮치자 이령주는 한기를 한 점에 모아 방패처럼 만들어 겨우 공격을 막아 내었다.

하지만 완벽한 방어는 아니었다. 방심한 중에 받은 타격에 왼쪽 팔이 너덜너덜해져 있었다.

'후기지수들 따위가 어찌 이런 고강한 무공을?'

이령주는 자신의 예상을 한참 넘어선 이들의 공력에 당황할 수밖에 없었다.

'……이들의 성장의 변수는 단 하나.'

백운세가의 유신운이 저들이 지니고 있던 한계를 그 짧은 시간 동안 돌파시킨 것이리라.

"언니!"

"괜찮으십니까."

이령주를 밀어낸 두 사람은 빠르게 모용미에게로 합류했다.

모용미는 힘겹게 고개를 끄덕였다. 그녀의 안색은 이미 핏기 하나 없이 하얗게 질려 있었다.

모용미를 뒤에 두고 두 사람이 방어 태세를 갖추었다.

그 모습을 보며 귀찮다는 듯 인상을 찌푸린 장천군이 이령주를 보며 비웃음을 흘렸다.

"클클, 꼴이 우습구나."

"닥쳐라!"

"……뭐라?"

더 이상 조롱을 참지 못한 이령주가 장천군을 노려보며 이를 갈았다.

장천군과 이령주가 서로를 노려보며 살기를 내뿜기 시작하자 세 사람의 눈이 흔들렸다.

장천군과 이령주에게서 쏟아진 기운이 너무나도 압도적이었기 때문이었다.

양민들이 도망갈 때까지 시간을 벌 수 있으리란 생각이 허무하게 사라졌다.

저들은 아직 전력을 꺼내지도 않은 것이다.

저들은 정말로 자신들을 한낱 여흥 거리로밖에 대하지 않고 있었다.

'……양민들을 위해 어떻게든 저들을 오래 붙잡아야 한다.'

저들은 일말의 망설임도 양민들을 모조리 도륙할 것이 분명했다.

고민 끝에 마음속에서 한 가지 결정을 내린 모용미가 경초방과 언소소를 향해 전음을 보냈다.

ㅡ흑오령을 사용할 거예요. 두 사람은 양민들을 쫓아 떠나세요.

ㅡ언니! 말도 안 돼요!

ㅡ모용 소저! 그건 위험합니다!

흑오령의 사용한다는 그녀의 말에 두 사람이 경악하며 그녀를 말렸다.

이미 산에 보호 결계를 치며 보패를 사용하느라 유신운이 남긴 힘을 거의 다 소모한 상황이었다.

아직 최소한의 기운조차 회복되지 않았을 터인데, 이렇게 억지로 보패로 사용한다면 자살을 시도하는 것과 다를 바 없다.

ㅡ언니. 지금 보패를 사용하면 사용할 기운이 없어 선천진기가 모두 소모될 거예요. 그게 어떤 의미인지 아시잖아요.

ㅡ……알고 있어. 하지만 모두를 살리려면 이 방법밖에는 없잖아.

ㅡ……!

두 사람은 뒤늦게 눈치챘다.

그녀가 죽음을 각오했다는 것을 말이다.

-그러니 어서 도망가세요. 이번 결계는 생문(生門)을 아예 제거해 펼칠 겁니다.

-……언니.

-……말릴 수 없겠군요.

두 사람은 어떻게 말해도 그녀가 절대 뜻을 굽히지 않으리란 것을 알아차렸다.

하지만 그들은 모용미를 버리지 않았다.

처척!

경초방이 타구봉에 진기를 불어 넣고, 언소소가 다시금 권강을 둘렀다.

-모용 소저, 혼자 가면 외롭지 않겠습니까. 저도 이곳에 뼈를 묻겠습니다.

-언니, 함께해요.

-……!

두 사람 또한 모용미와 함께 의(義)를 위해 생명을 바치기로 결심했다.

진실한 정파인의 모습이었다.

-저희가 시간을 벌 테니.

-흑오령을 발동하세요.

일순간 모용미의 눈동자에 슬픈 빛이 떠올랐지만, 이내 굳건히 각오를 되새겼다.

파바밧!

타닷!

진각을 박차며 언소소와 경초방이 적들을 향해 달려 나갔다.

그녀가 품에서 흑오령을 꺼내 들었다. 그리곤 곧장 자신의 선천진기를 불어 넣기 시작했다.

스아아!

촤아아!

그러자 흑오령이 음험한 빛을 발하며 힘을 발현하기 시작했다.

흑오령의 빛이 닿은 주변의 공간이 수십의 유리를 겹친 것처럼 뒤바뀌기 시작했다.

갑자기 달려든 언소소와 경초방을 상대하던 이령주가 기현상을 뒤늦게 발견하곤 놀란 기색을 숨기지 못했다.

"저건?"

이령주는 공간 보패가 지닌 위험성을 너무나 잘 알고 있었다.

한 번 갖히게 되면 시전자를 죽인다고 하더라도 잘못하면 꼼짝없이 몇 날 며칠을 감금된 채로 있어야 할 수도 있었다.

하지만 장천군의 반응은 그와 달랐다.

"클클, 재밌는 짓거리를 하는군."

콰가가가!

순간 장천군이 자신의 요력을 전력으로 발휘했다.

"흐읍!"

"크헉!"

공격을 쏟아 내던 경초방과 언소소가 기운에 압도되어 몸이 마비되듯 딱딱하게 굳었다.

"……!"

신음을 흘리는 두 사람을 무시하고 지나간 장천군이 모용미의 눈앞에 당도했다.

콰득!

장천군은 모용미의 목을 붙잡고 허공에 들어 올렸다.

"흐으, 윽!"

하지만 그녀의 눈동자에는 공포 따위는 없었다.

이렇게 죽더라도 성공적으로 흑오령을 발동했기에 후회가 없었던 것이다.

하나 장천군은 그런 그녀를 바라보며 비릿한 미소를 지어 보였다.

"클클, 너의 눈빛이 절망으로 뒤바뀌게 해 주지."

파악!

그녀의 손에서 흑오령을 강제로 빼앗은 장천군이 자신의 요력을 보패에 불어 넣기 시작했다.

기이이!

우우웅!

음험한 소리와 함께 흑오령이 요력에 의해 검게 물들었다.

"뭘 그리 놀라느냐. 이것은 본래 나의 것이었거늘."

장천군에 의해 흑오령의 소유권이 완전히 넘어간 것이다.

"크윽!"

장천군이 모용미를 아무렇게나 땅에 내던지곤 흑오령을 높이 들어 올렸다.

스아아아!

촤아아!

그와 함께 그들을 가두었던 결계가 빠르게 흩어져 갔다.

"아아."

"……이럴 수가."

경초방과 언소소가 탄식을 흘렸다.

하지만 절망스러운 상황은 거기서 멈추지 않는 듯했다.

"호오."

결계가 무너지며 산 쪽에서 빠르게 접근해 오는 수많은 기운이 느껴졌다.

장천군이 섬뜩하게 웃으며 말을 꺼냈다.

"후후, 너희들의 아비와 친구들이 드디어 죽음을 맞이한 모양이군. 네놈들의 아비와 스승의 시체를 직접 보여 주도록 하마."

경초방과 언소소가 하늘을 올려다보며 두 눈을 질끈 감

았다.

하지만 다음 순간.

"뭐, 뭐야?"

"저건……!"

점점 선명하게 보이기 시작한 존재들의 모습을 확인한 장천군과 이령주가 당황한 목소리를 내비쳤다.

그리고 감았던 눈을 뜨자 세 사람의 눈앞에.

"기다리던 상대가 아니었나 보군."

귀면랑 유신운과 수천에 달하는 스켈레톤 군단이, 그 모습을 드러냈다.

따닥.

스켈레톤 군단이 이령주와 장천군을 노려보며 턱뼈를 부딪쳤다.

텅 빈 동공에서 푸른 불꽃을 태우고 있는 그들의 기운은 하나하나가 모두 초절정 이상의 경지에 올라 있는 듯했다.

하나 그런 군세에도 장천군의 시선은 그들을 향해 있지 않았다.

'무슨 인간 놈의 기운이……!'

장천군은 귀면랑, 아니 유신운에게서 시선을 거두지 못했다.

요괴도, 선인도 아닌 놈에게서 공간 자체를 압도하는 기운이 넘실거리고 있었기 때문이었다.

그러던 그때, 유신운이 귀면(鬼面) 속에서 살기를 내뿜으며 말을 꺼냈다.

"그런 기분 나쁜 눈빛은 거두어 주었으면 좋겠군. 미안하지만 수인(獸人)은 취향이 아니라서."

"······하찮은 인간 놈이 시답잖은 건방을 떠는구나."

장천군이 빠득 이를 갈며 분노를 토해 냈다.

한편 이령주는 차분히 가라앉은 눈으로 유신운의 전력을 가늠하고 있었다.

'소문이 부족했군. 이자, 담천군에 못지않은 무위를 지니고 있다.'

자신의 생각을 뛰어넘는 무위를 지닌 귀면랑에 이령주의 머리가 빠르게 굴러가고 있었다.

무소불위의 담천군을 견제할 수 있을 만한 무위.

게다가 백골(白骨)째로 움직이는 의문의 강시를 조종할 수 있는 놀라운 사술.

이자를 새로운 팔령주로 영입한다면 중원 장악의 판세를 완벽히 굳힐 수 있으리라.

포섭하자는 결론을 내린 이령주가 유신운을 향해 사람 좋은 미소를 연기하며 말을 꺼냈다.

"그대가 귀면랑인가?"

그래, 네놈은 두 명 남은 팔령주 중 이령주겠고."

"······!"

이령주는 상대가 자신의 정체를 알고 있다는 것에도 놀랐지만.

"……두 명 남은?"

앞에 붙은 수식어에 더욱 놀랐다.

그는 팔령주가 두 명밖에는 남지 않았다 말하고 있었던 것이다.

"아, 이런. 아직 소식을 못 들었나."

유신운은 그런 녀석을 비웃으며 연기를 하듯 이어 말했다.

"감령주는 내 손에 죽었다. 이제 여덟 령주 중 남은 건 네 놈과 담천군뿐이야."

"……!"

귀면랑이 이곳에 도착하였을 때.

적벽에서 신의로 변신한 도플갱어가 감령주의 숨을 끊어 놓은 상태였다.

'이탈자들을 규합하러 간 감령주가 죽었다니. 이렇게 되면 전선이 걷잡을 수 없이 뒤흔들리게 된다……!'

감령주를 그곳으로 보낸 것은 자신이었다. 이 문제로 대계가 무너지게 되면 그 책임은 온전히 이령주 자신이 감당해야 했다.

'어떻게든 이놈을 포섭해야해!'

이령주는 표정 관리를 하며 유신운에게 나직하게 말했다.

"……과거는 새로운 물결로 거두어 낼 수 있는 법. 그대에게 거절할 수 없는 제안을 하나 하지."

귀면랑은 아무런 말이 없었다.

자신의 제안에 혹했다고 생각한 이령주가 천천히 귀면랑을 향해 걸어갔다.

"왜 유신운을 돕는지 모르겠으나 배신하고 우리 쪽으로 오게. 패배자들과 산적 따위의 군세가 정녕 정검맹을 이길 수 있을 것 같은가? 내 뒤에 계신 분의 손을 잡으면 세상의 절반이 그대의 것이 될 것이네."

"호오, 그래? 좀 더 자세히 말해 봐라."

'됐다!'

반쯤 넘어 온 듯한 유신운의 반응에 이령주의 눈에 이채가 떠올랐다.

이령주가 절망에 빠진 후기지수들을 보며 입꼬리를 말아 올리며 천천히 귀면랑에게로 다가갔다.

"그래, 잘 생각했네. 그대가 섬기게 될 분은……!"

쐐애액!

그때, 한줄기 파공성이 그의 귓전을 울렸다.

"크흡!"

이령주가 기운을 끌어 올리며 본능적으로 몸을 움직였다.

콰르르릉!

방금 전까지만 해도 그가 서있던 자리가 귀면랑이 내리친 발 차기로 운석이 내리꽂힌 듯 움푹 깊게 패여 있었다.

튀어 오른 파편이 이령주의 볼을 스치고 지나가며 피가 흘러내렸다.

"네놈! 이게 대체 무슨 짓이냐!"

이령주가 살기를 내뿜으며 귀면랑에게 분노를 쏟아 냈다.

하지만 귀면랑은 그를 쳐다보고 있지도 않았다.

절망하던 표정은 온데간데없이 어느새 실실 웃고 있는 경초방이 입맛을 다시며 귀면랑에게 말했다.

"쩝, 영혼을 담아 제대로 연기했는데 아쉽게 됐군요."

"그러게나 말이다."

후기지수들은 이미 귀면랑과 신의, 유신운이 한 사람인 것을 알고 있었다.

어깨를 으쓱해 보인 유신운이 붉으락푸르락하고 있는 이령주를 쳐다보았다.

"네놈들은 꼭 죽을 것 같으면 회유를 하려 하더군. 안 좋은 버릇이니 구천을 떠돌며 고쳐 보도록."

"……좋다, 이곳이 네놈의 무덤이 되리라!"

유신운의 모욕에 이령주가 손톱이 파고들어 피가 새어 나올 정로로 주먹을 세게 움켜쥐었다.

하지만 유신운은 놈이 그러거나 말거나 말을 무시하며 힘겨워 하고 있는 모용미에게로 천천히 다가갔다.

"몸이 많이 상했구나."

"……."

모용미는 괜찮다고 말하고 싶었지만 그 정도의 기력조차 남아 있지 않았다.

선천진기를 건드린 대가는 참혹했다.

유신운이 한쪽 손을 모용미의 어깨에 올려놓았다.

그 모습을 보며 장천군이 비열한 미소를 지으며 비아냥거렸다.

"클클, 멍청한 놈. 선천진기를 전부 사용한 이에게 진기라도 주입해 줄 작정이더냐."

우우웅!

그때, 유신운의 전신에서 눈이 부신 광채가 쏟아지며 폭발적인 기가 흘러나왔다.

"……!"

장천군과 이령주는 그 광경을 보며 아무 말도 못하고 입을 쩍 벌릴 수밖에 없었다.

스아아!

콰가가!

지옥기가 사(死) 그 자체의 기운이라면, 조화신기는 정확히 지옥기의 대척점에 있는 생(生)의 기운.

지옥기와의 융화를 통해 생의 극치에 이른 조화신기가 모용미의 전신을 휘감고 있었다.

임독양맥 전체를 타고 온몸을 격류처럼 흐르는 조화신기는 바싹 마른 나무 같던 그녀의 몸에 활기를 되찾아 주고 있었다.

'……선천진기가 다시 차오르고 있어.'

이윽고 모용미는 조심히 눈을 감은 채, 유신운의 인도에 따라 새로운 경지로 올라서고 있었다.

'저건!'

'오오!'

운기조식을 하며 모용미의 머리 위에 떠오른 세 개의 꽃봉오리와 같은 기의 형상을 보며 경초방과 언소소가 짧게 탄성을 토해 냈다.

삼화취정(三花聚頂).

모용미는 유신운의 도움을 통해 또 한 명의 초인으로 거듭나고 있었다.

'……저놈, 위험하다.'

그 모습을 싸늘한 시선으로 지켜보던 장천군이 속으로 생각했다.

유신운의 전신에서 느껴지는 기운은 요괴의 본능을 뒤흔들고 있었다.

'죽이고 심장을 먹으리라!'

순간, 장천군이 손에 쥐고 있던 흑오령을 흔들었다.

딸랑!

소름끼치는 방울 소리와 함께 주변이 흑빛으로 빠르게 물들기 시작했다.

모용미가 펼쳤던 것처럼 반구(半球) 형태의 기의 영역이 유신운을 덮쳤다.

지금껏 장천군이 아무런 공격도 하지 않고 있던 것은 흑오령을 발동해 수천의 스켈레톤 대군을 피해 유신운만을 데려가기 위함이었다.

-어린놈들을 맡아라. 네놈도 저것들은 인질로 삼을 수 있겠지.

'빌어먹을 놈이!'

이령주가 전음으로 욕지거리를 내뱉기도 전에 두 사람을 삼킨 검은 반구는 흔적도 없이 사라졌다.

주인이 사라진 스켈레톤들의 안구 안의 불꽃이 생기를 잃고 꺼졌다.

수많은 스켈레톤들이 동시에 잠이 든 듯했다.

정적이 감도는 전장을 보며 이령주가 회심의 미소를 지어 보였다.

'백골 강시들이 술자들이 사라지니 힘을 잃었군. 공간 보패에 끌려간 이상 귀면랑도 장천군에게 죽음을 맞이할 터…….'

이령주는 입꼬리를 비틀며 노골적인 살의(殺意)를 후기지수 세 사람에게 쏘아 냈다.

"실낱같던 희망도 허무하게 사라졌으니 이제 얌전히 죽음을 맞이하면 되겠구나."

"닥쳐라!"

"우리만으로도 네놈 따위는……!"

경초방과 언소소가 다시금 기운을 끌어 올리며 전투태세를 갖추던 그때였다.

스아아!

파아앗!

갑작스레 활화산처럼 폭발하는 기운의 파동에 세 사람이 동시에 놀라 기운의 근원지를 바라보았다.

'……!'

이령주의 두 눈동자가 지진이라도 난 듯이 흔들리고 있었다.

운기조식을 마치고 깨어난 모용미의 전신에서 압도적인 기운이 쏟아지고 있었다.

"모용 소저, 괜찮습니까."

"언니, 괜찮아요?"

"전 괜찮으니 걱정하지 않으셔도 돼요."

모용미는 그들에게 걱정 말라는 듯 환한 미소를 지어 보이며 말을 꺼냈다.

그 순간, 이령주는 손바닥에서 비 오듯 흐르는 땀에 당황할 수밖에 없었다.

'이 무슨……!'

은총의 힘을 받아들이며 극한까지 발달한 생존 본능이 그에게 위험을 알리고 있었다.

"다행이에요, 언니."

"자, 그럼 셋이 합공을……!"

"아닙니다, 두 분은 잠시 물러나 주세요."

셋이 합격을 하자는 경초방의 말을 모용미가 대번에 끊었다.

당황하는 두 사람을 뒤로하고 모용미가 바닥에 떨어져 있던 자신의 칠성검에 손을 뻗었다.

스아아!

처척!

그러자 마치 살아 있는 것처럼 칠성검이 허공에 떠올라 그녀의 손으로 날아들었다.

'허공섭물!'

너무나 능숙하게 펼치는 상승의 무위에 경초방과 언소소는 그저 동그랗게 뜬 눈으로 그녀를 지켜볼 따름이었다.

그녀의 경지는 자신들이 생각한 것보다 더 먼 곳에 도달하여 있었던 것이다.

파바밧!

차아아!

고막이 찢겨 나갈 듯한 날카로운 파공성과 함께 모용미의 신형이 선 자리에서 안개처럼 사라졌다.

'빌어먹을! 놓쳤다!'

스아아!

촤라라!

이령주는 모용미의 움직임을 놓치고는 뒤늦게 은총의 힘을 발휘해 허공에 방어용 빙창(氷槍) 수십 개를 소환했다.

모든 것을 얼려버린다는 만년한설을 뛰어넘는 한기가 빙창 하나하나에서 느껴지고 있었다.

파밧!

'온다!'

만반의 준비를 해 놓은 찰나, 눈앞의 허공이 아지랑이가 피어난 것처럼 일렁이더니 강기를 두른 칠성검을 손에 쥔 모용미가 나타났다.

"죽어랏!"

쒜애액!

콰가가가!

그 틈을 놓치지 않고 이령주가 빙창들을 모조리 그곳에 쏟아부었다.

회피할 수 있는 모든 방위를 점하며 날아드는 빙창들을 바라보는 모용미의 금안(金眼)이 신묘한 빛을 발하고 있었다.

우우웅!

우웅!

칠성검이 짐승의 포효와 같은 선명한 검명(劍鳴)을 토해 냈다.

모용미가 너무나 여유롭게 춤을 추듯 일검을 베어 냈다.

그러자 말도 안 되는 일이 벌어졌다.

콰드드득!

쩌저적!

'……말도 안 돼!'

모용미가 휘두른 검의 궤적을 따라 마치 모든 별빛을 빨아들이는 칠흑의 밤하늘처럼 쏘아진 빙창들을 모조리 한 점으로 모아 사정없이 구겨 버리고 있었다.

'아아!'

'저것이 모용의 두전성이(斗轉星移)인가!'

모용미의 신위를 바라보던 언소소와 경초방이 저도 모르게 탄성을 내뱉었다.

적의 그 어떤 무공이든 마음먹은 방향대로 비틀어 버린다는 이화접목(移花接木)의 최종 완성형.

하늘의 북두칠성마저 위치를 바꾼다는 두전성이가 그녀의 손에서 완벽히 펼쳐지고 있었다.

"크윽!"

이령주가 이를 악물고 은총의 힘을 최대로 발휘하며 공세를 펼쳐 냈지만.

쐐애액!

피유융!

그가 펼친 모든 공격은 모용미의 검로에 들어서면 반대로 그의 목을 노리고 돌아갔다.

서거걱!

"크아악!"

결국 이령주는 자신이 쏘아 낸 한기의 칼날에 왼 손목이 잘리고 말았다.

꿈틀거리는 손목이 땅바닥을 나뒹굴었다.

모용미는 그 끔찍한 광경에도 저 혼자 다른 세계에 진입한 사람처럼 검초를 이어 나갔다.

'모든 것을 할 수 있을 것 같아.'

황홀경에 빠진 그녀는 그간 있었던 유신운의 가르침만을 떠올리며 재현에 힘쓰고 있었다.

일반적인 현경의 무인과는 비교가 되지 않는 압도적인 신위.

그녀의 강함에는 특별함이 있었다.

이제 그녀의 몸속에서 완전히 자리 잡은 유신운의 조화신기가 그녀의 몸에 남아 있던 내기를 감싸고 수발을 도우며 극한의 강화 효과를 발현하고 있었던 것이다.

"크아아! 목숨을 버리더라도 네년만은 죽이리라!"

최후의 발악을 하며 이령주가 그녀에게 몸을 날렸다.

모용미는 그런 이령주를 얼음장처럼 차가운 눈빛으로 바라보며 자신이 지닌 가장 강력한 초식을 펼쳐 내기 시작했다.

북두신검(北斗神劍).

오의(奧義).

낙성만류하(落星萬流河).

그녀의 검에 깃든 북두칠성의 일곱 별이 대지로 낙하하며 이령주의 전신을 산산이 찢어발기고 있었다.

파고든 모용미의 검기가 내부를 난자했다.

파지직!

콰드득!

톱날이 지나간 것처럼 이령주의 모든 혈도가 산산이 찢겨 기운이 흐를 때마다 차라리 죽고 싶을 만큼의 고통이 찾아왔다.

털썩.

폭풍처럼 흩뿌려진 검세를 버티지 못하고 피 칠갑을 한 이령주가 땅바닥에 무릎을 꿇었다.

이령주의 두 동공이 색을 잃고 탁해졌고.

'아아, 교주님……!'

결국 그 생각을 마지막으로 이령주는 숨이 끊어졌다.

흑오령이 만들어 낸 새로운 공간은 수많은 색이 사라진,

오로지 흑백(黑白)만이 남은 곳이었다.

'완벽하군.'

그 공간의 중심에서 선 장천군은 여유가 넘쳤다.

그는 이미 승자의 미소를 지어 보이고 있었다.

우우웅!

스아아!

다시금 그를 주인으로 받아들인 흑요령은 공간에 녹아든 채, 그의 기운을 폭발적으로 증가시켜 나갔다.

이어 놈은 흉포한 짐승의 눈빛으로 기괴한 가면을 쓰고 있는 인간을 바라보았다.

공간에 끌려온 이후, 인간은 작은 미동조차 않고 있었다.

그 모습을 보며 장천군이 속으로 비웃음을 날렸다.

'클클, 겁에 질린 모습을 악착같이 숨기려는 꼴이 우습기만 하구나.'

장천군은 유신운이 애써 연기하며 공포를 숨기려 들고 있다 생각했다.

하지만 그럼에도 장천군은 마지막까지 최후의 긴장의 끈은 놓치 않았다.

'……같은 실수를 반복할 수는 없지.'

그렇게 까득, 소리가 나게 이를 가는 장천군의 기억 너머…….

아직까지도 잊을 수 없는 요생(妖生)의 가장 치욕스러운 한 장면이 떠올랐다.

　-무릎을 꿇고 복종(服從)해라. 이제 네놈들의 주인은 나
다.

단신의 몸으로 금오도에 찾아와 수천의 요괴 선인들을 짓
밟고 그들의 수장인 십천군마저 가볍게 제압한 인간 사내.

덜덜.

'크윽!'

혈교주를 떠올리자 육신이 경련하는 것을 강제로 억누르
며 장천군이 치를 떨었다.

죽음밖에는 비치지 않는 한 쌍의 금안(金眼)은 이제 그에게
공포 그 자체로 심연의 깊은 곳에 각인되어 있었다.

이령주 앞에서는 그렇게 강한 척을 해 댔지만, 혈교주의
시야에서 벗어났다 생각하기에 할 수 있는 행동일 뿐이었다.

하지만 그에게서 느껴지던 공포의 감정은 서서히 가라앉
았다.

이내 장천군은 살기와 탐욕이 범벅이 된 흉포한 눈으로 유
신운을 바라보았다.

'저놈의 심장을 씹어 먹고 힘을 흡수한다면……. 그놈의
목을 노리는 것도 가능하리라.'

요괴의 눈으로 보는 유신운의 신체 내부에서는 정체를 알

수 없는 고순도의 기운이 휘몰아치고 있었다.

"후후, 이제 네게 도망갈 곳은 없다. 하찮은 인간이여, 어서 내게 네놈의 심장을 바쳐라."

군침을 삼키며 장천군이 유신운에게 말을 꺼냈다.

콰가가가!

동시에 전신에서 쏘아 낸 장천군의 광기어린 요기가 파도처럼 공간을 잠식해 나갔다.

마치 수백 배의 중력이 가해지는 것 같은 압력이 쏟아졌지만.

"……."

'……무슨?'

유신운은 어떠한 영향도 없는 것처럼 너무나 가벼운 동작으로.

스윽.

천천히 가면을 벗어 간이 아공간에 넣을 뿐이었다.

"……!"

눈을 마주친 장천군이 미간을 와락 찌푸렸다.

가면을 벗은 유신운이 예상과 달리 알 수 없는 묘한 미소를 짓고 있었기 때문이었다.

"지금 뭘 좀 착각하는 모양인데."

파밧!

한마디 말과 함께, 유신운의 신형이 번쩍거리는 한 줄기의 뇌전(雷電)이 되어 사라졌다.

움직임을 놓친 장천군이 다급하게 흑요령을 지배하여 유신운의 위치를 파악하려 했으나.

'어, 어째서 공간 안에서 존재감이 느껴지지 않는 거지?'

유신운은 공간을 탈출한 것처럼 어떠한 흔적도, 미세한 기운도 느껴지지 않고 있었다.

'방어를……!'

스릉!

그가 범을 연상케 하는 날카로운 손톱의 날을 세웠을 때.

타앗!

갑자기 아무것도 없던 공간에 유신운이 불쑥 모습을 나타냈다.

"……!"

쐐애액!

장천군은 인간의 한계를 뛰어넘는 요괴의 본능을 통해 반사적으로 두 팔을 휘둘렀다.

덥석!

하지만 유신운은 너무나 가볍게 양손을 뻗어 놈의 두 팔을 동시에 붙잡았다.

그리고 유신운이 순수한 광기(狂氣)를 내뿜으며 뇌까렸다.

"네가 나한테 납치된 거야."

꽈드드득!

"끄아악!"

살점과 뼈가 동시에 비틀리는 섬뜩한 소리가 울려 퍼지며 장천군이 고통에 찬 비명을 쏟아 냈다.

어떻게든 놈의 손아귀에서 벗어나려 힘을 끌어 올렸지만 헛수고였다.

'어, 어찌 인간 놈의 힘이!'

거대한 태산(太山)을 상대하는 것처럼 상대의 힘의 끝이 보이지를 않았다.

"크윽!"

유신운의 품을 벗어나기 위해 장천군은 극단적인 선택을 했다.

휘익!

진각을 박차고 허공에 뛰어오른 장천군이 그대로 두 발로 유신운의 몸통을 걷어찼다.

그 반발력으로 유신운에게서 거리를 벌리고 벗어날 순 있었지만.

뚜두둑!

투툭!

"크아아악!"

풀어 줄 생각이 전혀 없었던 적의 아귀힘에 찢겨 나간 장천군의 두 팔은 그대로 유신운의 수중에 남았다.

장천군은 기운을 끌어 올려 상처 부위의 출혈을 강제로 막았다.

'크윽, 흑요령의 공간은 들어선 모든 이의 기운을 통제할
터. 한데 어째서 저리 아무렇지 않은 거지?'

"흠, 어떻게 이 공간 속에서 아무렇지 않을 수 있는지를
생각하고 있나?"

"……!"

생각을 간파당한 장천군이 깜짝 놀란 표정을 관리하지 못
했다.

"정답은 간단해."

화르르륵!

유신운의 손에서 타오른 검은 불길이 장천군의 두 팔을 재
로 만들었다.

우우웅!

처척!

이어 멈추지 않고 유신운은 허공에서 회월을 꺼내 들며 말
을 이었다.

"이따위 조악한 힘 따위로는 나를 간섭할 수 없을 정도로
내가 강한 거지."

오만을 넘어 광오(狂傲)하기까지 한 망언이었다.

하지만 장천군은 아무런 말도 하지 못했다.

스르릉!

스아아!

회월의 검날에서 미친 듯이 끓어오르고 있는 상대의 기운은, 그 말이 허언이 아니라는 것을 증명하고 있었기 때문이었다.

'……더 이상 방심해선 안 된다. 전력으로 상대해야 한다.'

장천군은 자신을 세뇌하듯 몇 번을 반복하여 생각했다.

하지만 그의 눈동자는 지진이라도 난 듯이 흔들리고 있었다.

어쩔 수 없었다.

어떻게든 스스로를 속이려 하여도, 자신이 지금까지 방심 따위는 한 적이 없었다는 것을 너무나 잘 알고 있었으니까.

그그극!

찢겨 나간 장천군의 두 팔이 도마뱀의 꼬리처럼 상처 부위에서 소름 돋는 소리와 함께 재생했다.

장천군은 수천의 인간과 요괴를 잡아먹은 귀흑호(鬼黑虎)가 격을 넘어 요괴 선인이 된 존재.

인간의 한계를 벗어난 재생 능력을 지니고 있었다.

그 모습을 보며 유신운이 한심하다는 듯 혀를 찼다.

"쯔쯔, 또 뽑힐 텐데 뭐 하러 그렇게 용을 쓰나."

"닥쳐라! 인간 놈!"

장천군이 분노를 참지 못하고 전광석화처럼 앞으로 돌진했다.

흑오령은 공간의 주인에게 요기를 다시 부여했다. 두 팔을 재생하느라 소진됐던 기운이 순식간에 다시금 채워졌다.

"크르릉!"

어느새, 유신운의 코앞까지 당도한 장천군이 짐승의 울음을 토해 내며 양 손톱을 교차하여 휘둘렀다.

서거걱!

콰가가가!

공기가 찢어지는 파공성과 함께 참격이 유신운에게 쏟아졌다.

촤아아!

하지만 유신운은 팽이처럼 몸을 핑그르르 회전하며 쇄도하는 참격을 여유롭게 튕겨 냈다.

'이번에는 다리.'

서거걱!

그러곤 푸르게 빛나는 강기로 놈의 왼쪽 발목을 잘라 버렸다.

하지만 이번에는 장천군도 이를 악물고 고통을 참아 내며 공격을 이어 갔다.

그그극!

화륵!

잘려 나간 발목이 또 한 번 재생함과 동시에 장천군의 한쪽 손에서 도깨비불을 연상케하는 기묘한 불꽃이 타올랐다.

금오도(金鰲島) 귀도술(鬼道術).

비의(秘義).

흑월린(黑月燐).

금오도의 요괴 선인들만이 사용하는 세상의 순리를 비틀어 사용하는 귀도술.

그중에서도 상위의 비술인, 모든 것을 불태우는 귀염(鬼炎)이 장천군의 양팔에서 타올랐다.

"크르르! 죽어라!"

쐐애애액!

콰가가!

기세등등해진 장천군이 유신운을 향해 쉼 없이 공격을 이어 나갔다.

장천군이 휘두른 궤적을 따라 허공에 흑월린의 불꽃이 타오르고 있었다.

흑월린의 불꽃은 피에 굶주린 악귀처럼 유신운에게 쇄도했다.

참격과 도깨비불이 동시에 유신운의 눈앞을 뒤덮은 순간.

'집어삼켜라, 마염(魔炎).'

화르르르!

회월의 칼날에서 검강에 불꽃이 덧입혀졌다.

"……!"

장천군의 두 동공이 거세게 흔들렸다.

스아아!

<u>스스스!</u>

유신운이 만들어 낸 불꽃에 흑월린의 염기가 힘없이 모조리 삼켜지기 시작했기 때문이었다.

서거걱!

'크윽!'

그 와중에 유신운이 다시금 튕겨 낸 참격에 장천군의 복부에 긴 상처 자국이 새겨졌다.

그대로 내장이 쏟아져도 이상하지 않을 깊은 상처였지만, 또다시 빠르게 재생되고 있었다.

'귀찮으니 회복 능력을 봉인시켜야겠군.'

그 모습을 지켜보며 미간을 좁힌 유신운이 내부에서 조화신기를 끌어 올리며 사령술을 시전했다.

우우우웅!

거센 진동음과 함께 색을 잃고 흑백만이 남아 있던 공간에 음험한 보랏빛 기운이 휘몰아치기 시작했다.

뿌우우우!

'저건 대체……?'

갑작스레 귓전을 울리는 뿔피리 소리에 장천군이 당혹감을 숨기지 못했다.

그 이름의 뜻은 '외치는 뿔피리'.

세상의 멸망인 라그나로크가 도래하면 울려 퍼진다는 헤임달의 뿔피리였다.

　스킬, '종말의 나팔, 갈라르호른(Gjallarhorn)'이 시전되었다.

　뿔피리 소리에서 시작된 파동이 흑요령의 공간 전체를 장악했다.

　그리고 다음 순간.

　"끄으, 쿨럭! 커걱!"

　끝없이 공격을 이어가던 장천군이 온몸이 마비된 듯, 거칠게 경련하며 신음을 쏟아 냈다.

　그의 상태는 한 눈에 보기에도 정상이 아니었다.

　복부의 상처가 회복이 완전히 멈춰 있었다.

　아니, 이제는 완전히 반대로 빠르게 썩어 들어가고 있었다.

　'재, 재생의 힘이 사라졌어.'

　그랬다.

　종말의 나팔, 갈라르호른의 힘은 스킬의 반경에 존재하는 모든 적들의 회복 효과를 봉인하고 본래 회복력을 반대로 되돌려 버리는 것이었다.

　피슈슈!

　투두둑!

　피가 철철 쏟아지고 잘려 나간 내장 조각이 바닥을 홍건히 적셨다.

털썩.

결국 장천군은 힘을 잃고 쓰러지듯 바닥에 무릎을 꿇었다.

'또…… 인간 따위에게……!'

장천군의 눈동자에 끔찍한 절망과 분노가 동시에 깃들었다.

그런 장천군을 향해 유신운이 천천히 다가오고 있었다.

스아아!

유신운의 손에서 폭풍처럼 휘몰아치는 알 수 없는 미지의 기운을 확인한 장천군은 적이 그 힘으로 자신의 모든 권능을 흡수할 것임을 알아차린 순간.

쐐애액!

푸슉!

장천군은 마지막 힘을 끌어 올려 자신의 심장을 스스로 꿰뚫었다.

'네놈 따위에게 죽어 힘을 바치느니…… 스스로 목숨을 끊겠다……!'

장천군의 숨이 끊어지며 흑요령의 공간이 서서히 붕괴되고 있었다.

……하지만 그의 선택은 허무한 발버둥 그 자체였다.

시체가 된 장천군을 가소롭다는 듯 내려다보며 유신운이 사신(死神)을 연상케하는 목소리로 읊조렸다.

"죽음조차 네놈의 도피처가 되지 못하리라."

시체를 향해 뻗는 유신운의 손끝에서 지옥기가 미친 듯이 요동치고 있었다.

　[플레이어가 '지옥기'로 스킬, '숨결 강탈'을 사용하는 데 성공하였습니다.]
　[플레이어가 '지옥기'로 무공, '진광라흡원진공'을 사용하는데 성공하였습니다.]
　[히든 효과, '삼위일체'를 발견하였습니다.]
　['지옥기'의 기운으로 시전된 스킬, '숨결 강탈'과 무공, '진광라흡원진공'이 하나의 스킬로 합성됩니다.]
　[플레이어가 새로운 스킬, '흡혼재생(吸魂再生)'을 획득하였습니다.]

　흡혼재생.
　지옥기로 발동된 '숨결 강탈' 스킬과 무공, '진광라흡원진공'이 하나로 합쳐져 새로운 권능으로 재탄생되었다.
　"영원한 고통 속에서 지켜봐라. 내가 네놈의 모든 것을 강탈해 가는 것을."
　'끄아아아!'
　스스로 죽음을 택했던 장천군의 혼백이 유신운의 손에 끌려와 끝없이 비명을 지르고 있었다.

4장

'하아, 도대체 이령주님은 언제 오시려는 것인지.'

혈교의 부군사가 연신 입술을 뜯었다.

그의 표정은 불안함으로 가득했다.

혈교 군사부의 두 번째 직위에 오른 그가 본신의 무위가 뛰어나지 않을 리가 없었지만…….

"그르르!"

"크아아!"

그조차 눈앞에서 미쳐 날뛰며 백운맹의 무인들을 찢어발기고 있는 요병대를 보면 공포가 밀려왔다.

이령주가 갑자기 나타난 십천군과 함께 전방으로 이동하며 이곳의 전투는 온전히 그가 담당하고 있었다.

'끄응, 점점 요괴들의 흉포함이 강해지고 있다. 이 물건으로 언제까지 통제가 가능할지……'

부군사가 슬그머니 자신의 손에 들린 음험한 기운을 뿜어 내는 촛대를 바라보았다.

스아아!

촛대에 초가 꽂혀 있지 않았음에도 촛대의 끝에는 푸른 불 꽃이 타오르고 있었다.

이령주가 건네주고 간 귀명촉(鬼命燭)으로 살육의 본능만으로 날뛰는 요병대의 요괴들을 다스릴 수 있는 유일한 물건이 었다.

하지만 귀명촉은 사용자의 기운을 기반으로 통제력을 얻 었기에, 점점 그는 힘에 부치고 있었다.

'……그래, 어차피 강적이라 생각했던 모용가와 당가의 가 주는 이곳에 있다. 두 분 쪽에는 후기지수들밖에는 없으니 정리는 금방 끝날 터. 시간을 조금만 더 끌면 될 거다.'

그는 왜인지 자꾸만 고개를 드는 알 수 없는 불안감을 애 써 억눌렀다.

"적장의 목을 벤 자에게 이령주님이 큰 포상을 남길 것이 다!"

부군사의 외침에 요병대와 함께 검을 휘두르던 혈교의 무 사들의 눈이 탐욕으로 번뜩였다.

채채챙!

콰가가!

곳곳에서 칼과 칼이 부딪치며 불꽃이 튀어 올랐다.

"크윽!"

"커억!"

섬뜩한 절삭음과 함께 쓰러지는 것은 대부분 백운세가 쪽의 군세였다.

어쩔 수 없었다.

양민들을 탈출시키기 위해 병력을 반으로 나누었기에 군세가 확실히 열세였던 것이다.

"물러서지 마라!"

"부상자는 나의 등 뒤로 오라!"

그런 와중에 풍림방주 도백건과 적마창 여손권이 각자의 무기를 휘두르며, 사파 무사들에게 소리쳤다.

각파의 수장들이 자신의 목숨을 걸고 최전선에서 싸우며 반전을 이끌어 내려 했지만…….

쐐애액!

서거걱!

"……!"

"냉 가주!"

적의 칼날에 가슴에 치명적인 검상을 입고 냉가장주 냉호열이 가장 먼저 눈에 생기를 잃고 지면에 몸을 뉘었다.

그르르!

크아아!

시신을 수습할 시간도 없었다.

요병대의 요괴들이 숨이 멎은 냉호열에게 달려들어 포식하기 시작한 것이다.

그 끔찍한 광경을 지켜보던 무인들이 차마 쳐다보지 못하고 시선을 돌렸다.

좌라라라!

쐐애액!

그런 찰나, 폭풍을 연상케 하는 검풍과 날카롭기 그지없는 수십의 암기가 요괴들을 향해 쏟아졌다.

"갈!"

"이 더러운 요물들!"

모용명과 당소정이 사파 무사들의 앞에 섰다.

그들을 바라보는 혈교 부군사의 눈에 살기가 번들거렸다.

'저 두 연놈만 죽이면 끝이다!'

부군사가 귀명촉에 기운을 쏟아 내자 푸른 불꽃이 거세게 타올랐다.

크르르르!

크아아!

그와 동시에 엉망이 된 냉호열의 시체를 뒤로 하고 요괴들이 두 사람에게 달려들었다.

-평범한 요괴들이 아닙니다. 조심하십시오!

－당가주께서도 조심하시오!

두 사람은 서로에게 전음을 보내며 단전에서 기운을 전력으로 끌어 올렸다.

스아아!

어느새 모용명의 검에 선명한 검강이 빛을 발하고 있었다.

기괴한 형상의 요괴들이 잘 벼려진 창과 같은 손톱과 이빨을 그에게 들이밀었다.

스아아!

모용명은 두전성이(斗轉星移)를 자유로이 사용하며 요괴들의 공격을 유수와 같은 움직임으로 피해 냈다.

짐승의 본능으로 움직이는 녀석들을 피하는 것은 어렵지 않았다.

'일점(一点)에 모든 힘을 집중해야 한다!'

그 생각과 함께 모용명이 가장 가까이에 있던 요괴의 목에 자신의 검을 찔러 넣었다.

요괴에게 생긴 빈틈을 정확히 파악하여 놈의 신체에서 가장 치명적인 부분에 찔러 넣는 완벽한 한 수였다.

······하지만.

티티팅!

그의 검은 요괴의 외피를 뚫지 못했다.

"······!"

'이런!'

강기를 둘렀음에도 모용명의 검날에 이가 나가 있었다.

도검불침(刀劍不侵).

요괴들의 외피는 만년한철 이상의 단단함을 지니고 있었다.

모용명이 속으로 탄식을 흘렸다.

'……칠성검이었다면 꿰뚫었겠지만.'

모용미에게 자신의 검을 내주었기에 모용명은 백운세가에서 보급한 검을 사용하고 있었다.

호철당의 물건이기에 다른 문파의 것과 비교한다면 상품(上品)의 물건이지만, 모용세가의 가보인 칠성검과는 비교가 되지 않았다.

예상과 달리 모용명이 막아 내는 것 이상으로는 활약하지 못하자, 당소정이 앞으로 치고 나왔다.

타닷!

진각을 박차며 허공으로 높이 뛰어오른 당소정의 소맷자락에서 암녹광이 일렁이고 있었다.

'제가 독으로 응수해 보겠습니다!'

도검불침의 신체를 공략할 수 없다면, 독으로 녹여 버리려고 하는 것이다.

파아앗!

촤라라라!

그녀의 소맷자락이 파도처럼 출렁이며 극독이 폭우처럼

쏟아져 내렸다.

치이이익!

치이익!

"크아아아!"

"끄아아!"

독액이 요괴들의 외피에 닿자 연기와 함께 살점이 타들어 가는 매캐한 냄새가 퍼져 나갔다.

처음으로 피해를 입은 요괴들이 끔찍한 고통에 날뛰었다.

그 모습을 보며 당소정이 속으로 감탄했다.

'백운신룡은 나조차도 감당하기 어려운 이런 독물을 어디서 얻은 것일까.'

그랬다.

그녀가 사용한 독은 당가의 칠대 극독이 아니었다.

이미 앞선 전투에서 칠대 극독 모두를 사용했지만 어떤 것도 요괴의 외피를 뚫지 못했다.

마지막으로 사용한 것은 백운세가에서 유신운이 남겼다며 건네받은 독물이었던 것이다.

유신운이 건네 준 독들의 정체를 당소정이 가늠할 수 없는 이유는 간단했다.

이 세계의 독이 아닌 융독겸에 저장되어 있던 몬스터의 독들이었기 때문이었다.

하지만 그것도 잠시.

당소정의 독우(毒雨)에 비틀거리던 요괴들이 한 마리, 두 마리씩 다시금 몸을 일으키고 있었다.

'……적응했다고?'

녹아내리던 놈들의 신체가 서서히 다시 회복되고 있었다.

가공할 만한 신체 능력이었다.

크르르!

크아아!

거친 분노를 토해 내며 요병대의 요괴들이 당소정과 모용 명에게 달려들고 있었다.

"황구복천(黃狗復天)!"

위기의 순간, 합류한 주취신개 장유가 두 사람을 돕기 시작했다.

하지만 세 사람의 합공에도 요괴들의 맹공을 겨우 막아 내는 것에 불과했다.

당가주와 모용가주를 가볍게 농락하는 요병대의 활약을 지켜보는 부군사가 저도 모르게 탄성을 흘렸다.

'말도 안 되는군. 이놈들이 불완전한 실패작들이란 것이 믿기지 않을 정도야.'

불완전한 완성품.

놀랍게도 부군사의 말은 사실이었다.

합비에 남겨 놓은 요병대의 병력은 본대가 아니었다.

혈교주가 요괴에 은총의 힘을 부여한 이들 중, 실패한 요괴들은 합비로 성공한 요괴들은 섬서로 보낸 것이다.

실패작들의 힘이 이 정도인데, 섬서에 있는 요병대의 힘은 얼마나 강할지 부군사는 가늠조차 되지 않았다.

스아아!

'……이건!'

한데 갑자기 목덜미에서 느껴지는 서늘한 감각에 부군사가 황급히 몸을 낮추었다.

쐐애액!

다음 순간, 한 줄기의 섬광이 번뜩였다.

방금 전까지 부군사의 목이 자리한 공간에 날카로운 참격이 스치고 지나갔다.

'조, 조금만 늦었더라면.'

신법을 이용해 뒤로 한참을 물러난 부군사는 숨을 헐떡였다.

"칫, 아깝군."

혀를 차는 의문인의 목소리에는 요기가 담겨 있었다.

부군사가 시선을 돌리자, 이마 양 끝에 두 개의 뿔이 돋아난 여득구가 자리하고 있었다.

도철의 힘을 완벽히 통제가 가능하게 된 그는 돋아난 뿔을 제외하고는 완전한 인간의 모습이었다.

"자, 그 촛대만 부수면 끝나는 거 맞지?"

귀명촉을 바라보며 여득구가 칼날 같은 손톱에 힘을 주

었다.

하지만 자신의 목숨이 경각에 달했음에도 부군사의 표정에는 공포가 없었다.

"클클, 네놈의 상대는 내가 아니다."

"뭐?"

쐐애액!

그 순간, 갑작스레 울려 퍼지는 공기가 찢어지는 파공성에 여득구가 빠르게 뒤로 물러났다.

콰가가가!

촤라라!

부군사의 그림자 속에서 몸을 일으킨 복면인이 그를 향해 잔악무도한 살초를 펼쳐내고 있었다.

'이령주님의 전언이 정확히 맞아떨어졌다!'

부군사의 머릿속에 이령주가 마지막으로 건넨 당부가 떠올랐다.

―적군 중에 분명히 사흉(四凶)의 일원이 있다. 놈이 정체를 드러내면 '이것'으로 확실히 놈을 봉인해라.

사흉의 일원이 유신운을 돕고 있다는 것을 알아차린 이령주는 여득구만을 상대할 방책을 준비해 둔 것이다.

복면인은 인간이었음에도 여득구에게 밀리지 않았다.

무림세가
전생합격

아니, 오히려 여득구를 조금씩 억누르고 있었다.

'이놈, 요력을 억제하는 힘을 지니고 있어. 빠르게 해치워야 한다!'

쐐액!

그때, 여득구가 뿌리내린 왼발을 축으로 몸을 회전시키며 손톱으로 복면인의 얼굴을 아래에서 위로 베어 냈다.

서걱!

절삭음과 함께 그가 쓰고 있던 복면이 바닥에 떨어졌다.

복면인의 정체가 드러나자 멀리서 싸우고 있던 모용명, 당소정, 주취신개가 동시에 깜짝 놀란 반응을 쏟아 냈다.

"……!"

"저자는……!"

"천강진인!"

그랬다. 복면인은 다름 아닌 공동파의 장문인이었던 천강진인이었다.

하지만 한눈에 보기에도 천강진인은 정상의 상태가 아니었다.

두 눈은 빛을 잃고 탁한 회색빛이었고 온몸은 시체처럼 파랬으며, 목 주위에는 선명한 바늘 자국이 있었던 것이다.

'……강시!'

'담천군, 이놈!'

그들은 한때 뜻을 같이했던 무림맹의 동도가 처참한 꼴로 나타나자 분노를 토해냈다.

그러나 다른 곳을 신경 쓰기에는 자신들이 처한 상황이 너무나 위급했다.

티팅!

'이런!'

순간, 파열음과 함께 모용명의 검이 반 토막으로 잘려 나갔다.

투다다다!

"크라라!"

"크아아!"

"모용 가주!"

빈틈을 발견한 요괴들이 모용명을 향해 달려들었다.

회피할 수 있는 모든 방위를 점하며 쇄도하는 요괴들을 확인한 모용명은 자신의 최후를 직감했다.

'미아야……'

모용명이 자신의 딸을 떠올리던 그때.

콰가가가!

콰아앙!

대지를 울리는 거대한 폭음이 터져 나왔다.

'……유성? 이게 무슨?'

부군사가 깜짝 놀라 입을 쩍 벌린 채 두 눈을 끔뻑였다.

그가 마지막으로 본 것은 하늘에서 떨어져 내린 한 줄기의 유성이었다.

피어오른 모래먼지가 서서히 걷히고 나자.

모용명과 요괴들의 중간을 가로막고 전신에서 신묘한 기운을 뿜어내는 신수(神獸) 한 마리가 위용을 뽐냈다.

"끄으으!"

"크으으!"

요병대의 요괴들은 신수를 바라보며 아무런 행동도 못한 채, 신음만 흘리고 있었다.

그 모습이 마치 포식자를 앞에 둔 피식자의 그것과 같았다.

-미유우.

"그래, 수고했다."

그리고 신수의 등에서 의문인이 내려왔다.

순간, 전투를 치르던 모두의 시선이 그를 향했다.

의문인의 전신에서 퍼져 나가는 압도적인 내기는 모든 전투를 멈추게 할 정도로 파멸적이었다.

"후, 좀 답답하군."

그때, 의문인이 쓰고 있던 자신의 가면을 벗어던졌다.

'말도 안 돼⋯⋯!'

가면 속에 숨겨진 정체를 확인한 부군사가 지진이 난 듯 떨리는 눈동자를 숨기지 못했다.

귀면랑, 아니 유신운이 전장에 강림했다.

"……말도 안 돼."

"저자는 정검맹주와 비등한 무위를 지녔다고 하던데……."

혈교의 무사들이 표정에 당혹감을 숨기지 못하고 있었다.

한데 그럴 만도 했다.

사파와 낭인들을 대변하는 귀면랑의 정체가 백운세가를 이끄는 유신운이었다니.

'……귀면랑과 유신운의 연결 고리가 대체 무엇인지 아무리 조사해 봐도 나오지 않던 이유가 두 명 모두 본인이었던 탓인가.'

부군사는 분노에 이를 빠득 갈았다.

결국 혈교의 수많은 계책들이 수포로 돌아간 것이 모두 유신운이라는 한 사람 때문이라는 것을 깨달은 것이다.

그 순간, 유신운의 모습을 보고 경악한 것은 혈교의 무사들뿐이 아니었다.

'설마…….'

'……귀면랑이 유신운이었다고?'

모용명과 주취신개가 번개가 내리꽂힌 것처럼 전율하고 있었다.

청천회의 이들은 유신운의 정체를 알고 있었지만, 다른 이들은 전혀 모르고 있었던 것이다.

하나 그들은 유신운이 그들을 속였다는 사실에 분노하기는커녕 무한한 감사와 부끄러움을 동시에 느끼고 있었다.

'……그동안 이 어린 아해가 정사(正邪)를 구분치 않고 무림을 구하기 위해 애쓰고 있을 동안 나는 무엇을 하고 있었단 말인가!'

'이자야말로 혼세(昏世)의 영웅이로다. 모든 강호인들이 씻을 수 없는 빚을 지었구나.'

유신운을 바라보는 두 사람의 눈에 존경을 넘어선 경외의 빛이 떠오르고 있었다.

그러던 그때, 뒤늦게 정신을 차린 당소정이 유신운에게 머뭇거리며 말을 꺼냈다.

"……유 가주, 외람되오나 혹여 이곳은 저희에게 맡기고 아이들과 함께 양민들을 구하러 가 주실 수 있겠습니까?"

자신들은 싸우다가 죽더라도 괜찮으니 양민들을 도와 달라 말하고 있었다.

그 모습에 유신운이 미소를 보이며 그녀에게 대답했다.

"걱정 마십시오. 이미 그쪽을 처리하여 양민들을 도우러 아이들을 보내고 오는 길이니."

"오오!"

"그, 그게 정말입니까!"

유신운의 한마디에 두 군세의 사기가 천지 차이로 벌어졌다.

와아아아!

정파와 사파 무사들은 동시에 환호성을 내질렀고, 혈교의 무사들은 뭐라도 씹은 듯 침울하기 그지없는 표정이었던 것이다.

'……이미 처리했다고?'

부군사 또한 심난한 것은 마찬가지였다.

그가 갔던 곳에서 만났을 이들은 당연히 이령주와 장천군.

한데 유신운 만이 이곳에 왔다는 것은 말 그대로 두 사람이 최후를 맞이했다는 것일 테니까.

'가만히 있다가는 사기가 걷잡을 수 없이 떨어진다. 혼란을 진압해야 해.'

"무슨 헛소리냐! 네놈 따위가 총군사님에게 해코지를 할수 있을 것…… 흐억!"

유신운에게 말을 쏘아붙이던 부군사가 아연실색하며 뒤로 물러났다.

듣던 유신운이 별안간 무언가를 창을 던지듯 날린 것이다.

"이, 이놈이! 헙!"

다급히 물러나다 우스꽝스럽게 엉덩방아 찧은 부군사가 분노를 토해 내려다가 땅에 박혀 있는 물건을 보고는 헛숨을 삼켰다.

"자, 가져가서 이령주의 제사상에나 올려라."

유신운이 입꼬리를 비틀며 말했다.

"헉!"

"저, 저건!"

혈교의 무사들이 신음을 쏟아 냈다.

그가 던진 것은 다름 아닌 이령주의 검이었다.

그렇게 유신운이 정말로 이령주를 처치하고 왔다는 사실을 모두가 알아차렸다.

"도, 동요하지 마라! 적의 간악한 수작일 뿐이다!"

부군사는 하얗게 질린 얼굴로 무사들에게 그렇게 소리쳤지만.

'젠장!'

한 번 퍼진 혼란은 쉽게 진압되지 않았다.

혈교의 무사들이 어떻게 해야 할지 서로의 눈치를 살피고 있었다.

'⋯⋯크윽, 이대로는 안 된다. 극단적으로라도 나가야 해!'

그때, 부군사가 두 눈에 마기를 일렁이더니 귀명촉을 높게 들어올렸다.

우우웅!

귀명촉의 불꽃이 다시 한 번 음험한 빛을 발하더니.

그르르!

그아아!

유신운의 기세에 움찔거리던 요병대의 요괴들이 더욱 미쳐 날뛰며 살기를 내뿜기 시작했다.

"이, 이놈들이! 킥!"

"끄아악!"

요괴들이 뒤로 물러나던 혈교 무사들의 머리통을 씹어 버렸다.

갑작스러운 사태에 당황한 혈교 무사들에게 부군사가 핏대를 세우며 소리쳤다.

"네놈들에게 뒤는 없다! 물러서려는 이는 나에게 죽을 것이다! 빨리 적들을 죽여라!"

요괴들이 마치 먹잇감을 바라보는 듯한 흉포한 기세를 내뿜고 있었다.

"크윽!"

"죽어라!"

혈교의 무사들이 어쩔 수 없다는 것을 깨닫고 자포자기하며 적들에게 달려들며 검을 휘두르기 시작했다.

"네놈들도 가라!"

"크아아!"

부군사가 귀명촉을 들어 올리자 요괴들 또한 정사의 무사들에게 달려들었다.

곧장 적들에게 달려들려던 유신운은 모용 가주와 당 가주의 상태를 뒤늦게 알아차렸다.

'흐음, 두 사람 다 무기가 없군. 그러면……'

그는 곧바로 흑점이의 등에서 무언가를 집더니 두 사람에게 던졌다.

처척.

얼떨결에 집은 물건에 두 사람 다 당황스러워했다.

유신운이 던진 것은 찬란한 금색으로 빛나는 채찍과 신묘한 문양이 각인된 검 한 자루였다.

"이건?"

"……!"

스아아!

촤아아!

하지만 두 사람 병기를 집자마자 몸속으로 파고 들어오는 미지의 기운에 두 눈을 커다랗게 떴다.

'채찍 안에 새겨진 가공할 선기(仙氣)가 전신 세맥에 퍼져 나간다. 독기로 상한 혈맥이 자연스레 치료되고 있어!'

'이 무슨 선기란 말인가! 보검에 깃든 기운이 내기를 감싸며 흐름을 돕고 있다.'

두 사람은 압도적인 힘이 담긴 보패를 보고 감히 말도 꺼내지 못하고 유신운을 그저 바라만 보았다.

그 모습에 유신운이 피식 웃으며 말을 꺼냈다.

"두 분께 드리는 보패입니다. 각자 강대한 선력(仙力)이 담겨 있으니 신체에 부담이 되지 않는 선에서 힘을 발동시키십시오."

"알겠네!"

"최선을 다해 보겠습니다!"

파바밧!

타다닷!

세 사람이 동시에 적들을 향해 몸을 날렸다.

전광석화처럼 달려 나가는 그들의 신형이 마치 세 줄기의 섬광처럼 번쩍였다.

가장 먼저 적과 맞닥뜨린 것은 당소정이었다.

"모두 피독환(避毒丸)을 씹어라!"

"네년의 독은 더 이상 통하지 않는다!"

아까 보았던 독우를 기억하며 혈교 무사는 어금니 안쪽에 숨겨 놓았던 피독환을 씹었다.

피독환은 독기 저항력을 올려 주는 물건이었다.

일각도 되지 않는 짧은 지속 효과를 지녔지만 지금 같은 상황에서는 충분했다.

하지만 그들은 완전히 잘못 짚고 있었다.

'보패가 건네는 전언 대로 진기를 펼치면⋯⋯.'

당소정은 극독을 다룰 생각이 전혀 없었다.

그녀가 달려드는 무사들을 향해 손을 뻗자.

촤라라라!

스아아!

가루라의 힘이 담긴 채찍형 혼마보패, 금익편(金翼鞭)이 신묘한 빛을 발하며 살아 숨 쉬는 것처럼 몸을 움직이기 시작했다.

무림세가
전생랭커

금익편에서 느껴지는 알 수 없는 불안감을 느꼈지만, 이미 엎질러진 물이었다.

"죽엇!"

"목을 내놔라!"

혈교의 무사들이 핏빛으로 물든 검기를 당소정에게 쏟아냈다.

자신에게 폭우처럼 내리꽂히는 칼날들 속에서 당소정이 춤을 추듯 몸을 회전시켰다.

콰가가가!

파지직!

금익편에서 뇌기(雷氣)와 풍기(風氣)가 동시에 휘몰아치기 시작했다.

채찍을 타고 돌개바람처럼 휘몰아치던 풍기가 적들의 신형을 잡아 당겼다.

"이게 무, 끄르륵!"

"끄그극!"

그렇게 먹잇감을 옴짝달싹못하게 고정한 금익편은 가루라의 뇌기를 적들의 내부에 일제히 퍼뜨렸다.

금익편에 깃든 엄청난 뇌기에 붙잡힌 혈교 무사들은 반항할 새도 없이 재처럼 까맣게 타들어 갔다.

"아, 안 돼!"

"으아악!"

그 처참한 광경에 혈교 무사들이 사방으로 도망쳤지만.

스아아아!

촤아악!

금익편은 무한히 길이가 늘어나며 적들을 끝까지 쫓아 발목을 휘감고 있었다.

그러던 그때, 모용명은 적들을 이끄는 부군사를 향해 달려들고 있었다.

"뭐, 뭣들 하고 있어! 얼른 저놈을 막아!"

잔뜩 겁에 질린 부군사가 혈교 무사들의 등 뒤로 숨으며 미친놈처럼 소리쳤다.

"마월검진(魔月劍陳)을 펼쳐라!"

"은총의 힘이여!"

혈교 무사들이 각자 지닌 십 할의 힘을 전부 모용명에게 쏟아붓고 있었다.

하지만 모용명의 정신은 그들에게 향해 있지 않았다.

모용명은 삭월의 명룡, 아포피스의 힘이 담긴 혼마보패, 자웅검(雌雄劍)과 대화를 나누고 있었다.

'그래, 그대가 원하는 대로 해 보시게.'

그리고 자웅검과 뜻을 하나로 합치자.

스아아아!

촤아아!

자웅검의 주변으로 대막의 그것과 같은 거센 모래바람이

휘몰아치기 시작했다.

모용명은 어느새 검강이 빛을 발하고 있는 자웅검을 적들을 향해 내리그었다.

쐐애액!

콰가가가!

"……!"

"큽……!"

그러자 검강과 아포피스의 힘이 합쳐진 사검풍(沙劍風) 열두 조각이 혈교 무사들을 향해 날아들었다.

혈교 무사들은 다급히 각자의 무기를 높이 들었지만.

좌아아!

서거거걱!

그들이 높이 든 검과 방패는 모조리 꿰뚫렸다.

소름 끼치는 절삭음과 함께 난자된 적들의 시체가 땅을 나뒹굴고 있었다.

'으, 으으으!'

그 처참한 광경을 보며 부군사가 핏기 하나 없어진 얼굴로 연신 신음만 흘렸다.

파바밧!

"흐업!"

흉신 악살과 같은 얼굴로 모용명이 코앞에 당도하자 부군사가 당황스러워하며 검을 휘둘렀다.

서걱!

푸푹!

"……!"

모용명은 피할 생각도 없이 놈의 검을 베어 버리곤 심장에 자웅검을 꽂아 넣었다.

우우웅!

스아아!

내부를 파고든 검에서 아포피스의 권능이 발휘되자 부군사의 신체가 순식간에 모래가 되어 사방에 흩날렸다.

투둑.

주인을 잃은 귀명촉이 바닥을 나뒹굴고 있었다.

"크라라라!"

"크아아!"

통제력을 상실한 요병대의 요괴들이 포악한 요기를 내뿜기 시작했다.

까드득!

푸푹!

"으, 으악!"

"끄윽!"

요괴들은 근처에 있는 인간들을 피아를 구분치 않고 씹어 먹기 시작했다.

귀명촉에서 벗어난 놈들은 힘만을 보면 더욱 강력해진 상태였다.

그런 녀석들을 향해 유신운이 망설임도 없이 달려들자.

그 뒷모습을 보며 주취신개가 쩝, 하고 입맛을 다시며 함께 싸우던 여득구에게 슬쩍 말을 꺼냈다.

"……그, 나도 제자에게 타구봉을 줘서 말이네. 꼭 뭐 나도 저런 거 하나만 달라는 건 아닌데……."

"노인네, 하는 거 보고."

여득구가 피식 웃으며 주취신개에게 말했다.

그들은 이미 이 싸움에서 질 것이란 생각이 완전히 사라진 것 같았다.

한데 그럴 만도 했다.

태산(太山)과도 같은 기세를 자랑하는 유신운의 뒷모습은, 바라보는 모든 이들에게 너무나도 든든한 자신감을 심어주기에 충분했으니까.

타닷!

힘차게 진각을 박찬 유신운이 허공을 날아 요괴들의 중심부에 착지했다.

"크아아아!"

"끄르르!"

강렬한 선기를 내뿜는 가장 맛있어 보이는 먹잇감이 겁도 없이 눈앞에 나타나자 수십의 요괴들이 동시에 달려들었다.

그 위험천만한 순간, 유신운이 조용히 눈을 감고 의념을 집중하기 시작했다.

'모든 요괴들을······.'

스아아아!

촤아아아!

찰나의 순간 만에 유신운의 내부에 잠들어 있던 조화신기가 파괴적으로 폭발했고.

"찢어발긴다."

눈을 뜨며 뱉은 유신운의 한마디와 함께.

뇌운십이검 신운류.

사초 최종형.

비전오의 절천뢰벽(切天雷壁) 개(開).

이제는 유일랑의 것을 재현하는 것이 아닌 완벽히 재창조한 검식이 요괴들의 모든 것을 갈기갈기 찢어 내기 시작했다.

섬서(陝西) 화산(華山).

산의 높이는 오천 길에 이르며 넓이는 백 여리, 중원 오악(五岳) 중 서악이라 불리는, 가장 기이하고 험한 명산.

무림세가
천대킬러

하나 지금은 그 모든 수식어보다 당대의 천하제일검문(天下第一劍門)이라 불리는 화산파가 자리한 곳으로 더욱 유명한 곳이었다.

"간악한 사도(邪道)의 무리를 처단하라!"

"정검맹의 무사들이여! 적들을 해치워라!"

한데 그런 화산이 온갖 병장기가 맞부딪치는 소리와 혈전을 치르는 수많은 무사들의 함성 소리로 요동치고 있었다.

정검맹의 무사들이 쏟아 내는 수많은 고강한 무공에 백운세가의 무인들이 힘겹게 버티는 중이었다.

"매화검수는 악도들에게 손 속에 사정을 두지 마라!"

그들을 이끄는 것은 다름 아닌 화산파의 태상장로를 맡고 있는 매화검혼(梅花劍魂) 현종진인이었다.

일흔이라는 나이에 어울리는 백발과 수염을 지닌 그였지만, 꾸준한 수련으로 탄탄한 근육과 전신에서 뿜어지는 매화기는 그를 사십 대라고 봐도 무방할 정도의 외견으로 보이게 하고 있었다.

'버러지만도 못한 놈들. 모조리 베어 고통에 땅을 나뒹굴게 해 주마.'

황소 같은 고집을 보여 주는 그의 입꼬리가 비열하게 비틀렸다.

현종진인은 지금껏 화산파의 앞길에 걸리적거리는 모든 것들을 단호하게 처단해 온 자였다.

본래부터 도사의 길에서 멀어진 잔혹한 성정을 지니고 있던 그는 혈교와 손을 잡은 후, 그 잔혹성이 더욱 심해져 마두와 다름없이 시도 때도 없이 마음속이 살심(殺心)으로 차오르곤 했다.

　그런 찰나, 현종진인의 섬뜩하기 그지없는 눈빛이 전장의 반대편 끝에 위치한 백운세가의 지휘관을 향했다.

　'……저놈만 해치우면 훨씬 진압이 쉬워질 터인데 말이지.'

　멀리서도 눈에 띄는 백미(白眉)의 중년인은 그와 비교해도 결코 밀리지 않는 기백을 내뿜고 있었다.

　'현종진인, 연륜에서 묻어나는 심계와 고강한 무공…… 역시 만만치 않은 상대다.'

　다름 아닌 그는 섬서 전선의 모든 것을 총지휘하고 있는 백운대주 도진우였다.

　세 전선 중 가장 밀리고 있기에 지원 병력을 모두 이끌고 합류한 그였지만, 뚜렷한 역전의 단초를 찾는 것은 그조차도 무리였다.

　익히 알려진 것보다도 몇 단계는 상회하는 듯한 화산파의 검수들의 맹공과 정검맹의 모든 정예 병력의 무위는 결코 허명(虛名)이 아니었던 것이다.

　"……흑운대 무인 전원 적들의 맹습으로 전원이 심각한 중상을 입어 전선을 이탈해야 할 것 같습니다."

"후우, 흑운대의 틈은 우리가 메우겠네."

"……예, 백운대원들도 함께 데려가 주십시오."

흑운대주 노건호가 패전보를 알리자 호운대주 노대웅이 무사들을 데리고 빠르게 이동했다.

'담천군이 아직 오지도 않았는데 이리 밀리는 형국이라 니.'

도진우의 표정이 복잡해지자 곁에 있던 무당파의 태일이 말을 꺼냈다.

"너무 걱정하지 마십시오. 호북과 안휘에서 승리를 거두 었지 않습니까. 조금만 버티면 지원군이 분명히 당도할 것입 니다."

청천회원들을 이끌고 있는 무당파의 태일은 부지휘관의 역할을 겸하고 있었다.

태일의 말에 도진우는 마음을 다잡았다. 전장 중에 지휘관 이 흔들리는 것만큼 위험한 일은 없었다.

'후우! 가주님, 저는 당신에 비해 턱없이 부족한 것 같습니 다.'

그는 언제나 위험에 최선두에 섰던 유신운을 떠올리며 기 운을 끌어 올렸다. 눈동자가 활기를 되찾고 전신에서 내기가 폭발적으로 터져 나왔다.

"……제가 쓸데없이 염려를 끼쳤군요. 이제 한번 제대로 반격을 준비해 보십시다."

"물론입니다."

이어 도진우는 두 눈에 기운을 집중한 뒤, 전세를 살피기 시작했다.

치열한 전투가 펼쳐지고 있는 전장에는 백운세가의 아홉 개 대 중 일곱 개 대가 참전하여 있었다.

일단 도진우가 이끌던 백운대와 노대웅이 이끄는 호운대는 급히 흑운대의 공백을 메우고 있었고.

"정운대원들은 모두 화살을 쏘아라!"

황노가 이끄는 정운대원들이 고려의 각궁을 들고 적들에게 맹렬히 화살을 날리고 있었으며.

"적 죽인다!"

금강불괴에 이른 마륵이 이끄는 귀운대원들이 각자가 익힌 열양지공과 한빙지공을 쏘아 내며 적들 진영에 불기둥과 빙상을 만들어 내고 있었고.

"모두 나를 따르라!"

금의위가 합류한 뇌운대는 외팔이 무사, 주태가 최전선에서 활약하는 한편.

"독과 암기를 아끼지 마세요!"

당하린의 도움으로 당가의 독술을 익힌 홍련이 구룡방의 납치 생존자들로 구성된 화운대로 후미를 돕고 있었다.

아홉 개 대 중 빠진 대는 성운대와 녹운대였는데, 하오문주 신우양이 이끄는 성운대는 후방에서 병참을 맡고 있었고,

녹림의 무사들로 이루어진 녹운대는 총표파자를 돕기 위해 이동했기 때문이었다.

'제대로 전세를 역전하려면 상대편의 지휘 체계를 무너뜨리는 것이 급선무다. 그렇다면……'

도진우는 화산파의 1대 제자부터 4대 제자까지 모든 정예 병력이 검진을 펼치고 막고 있는 현종진인에게 접근할 방도를 빠르게 찾아보았다.

그리고 곧이어 그의 시선이 귀운대를 이끄는 마륵에 멈추었다.

'반전의 열쇠는 귀운대에 있다.'

파바밧!

계책을 정한 도진우는 태일에게 전음으로 뜻을 전한 후, 진각을 박차며 전광석화처럼 전장으로 합류했다.

위험천만하기는 하나 스스로가 미끼가 되는 방법을 택한 도진우였다.

여태껏 최후방에서 지휘만 하고 있던 도진우가 전장에 합류하자 정검맹 무사들의 눈이 희번덕거렸다.

"적의 수장이다! 사로잡아라!"

"제압해라!"

지휘관을 노리는 것은 상대방도 마찬가지였다.

도진우를 잡아 바치면 떨어질 보상에 눈이 돌아간 무사들이 스스로 전선을 무너뜨리며 달려들고 있었다.

"이 멍청한 놈들이……!"

그 광경을 보며 현종진인은 미간을 찌푸렸고.

'좋아, 일단 첫 번째 준비는 완성되었다.'

도진우는 속으로 쾌재를 불렀다.

"태일님, 귀운대주에게까지 길을 터 줄 수 있겠습니까."

"물론입니다."

도진우의 말에 태일이 자신의 송문고검을 높이 들어 올렸다.

스아아!

촤아아!

태일의 전신에서 태극신공(太極神功)의 진기가 세찬 폭풍처럼 휘몰아치기 시작했다.

'회주님의 가르침을 떠올리자.'

유신운의 지도로 청천회의 존재들 중 가장 높은 경지에 오른 것이 바로 태일이었다.

그럴 수밖에 없었던 것이 지옥계에서 만난 무당파의 사조, 옥허진인이 무당파의 후계자에게 전해 달라 했던 모든 가르침을 전수했기 때문이었다.

"죽엇!"

"목을 내놓아라!"

어느새 지근거리까지 당도한 무사들이 태일에게 각자의 병장기를 쏘아 냈다.

빠짐없이 혈교의 힘을 전해 받은 놈들은 한 사람, 한 사람
이 초절정에 도달해 있었다.

하나 그런 적들의 합격에도 태일은 조금도 겁먹지 않았다.

자세를 낮추고 흐르는 물처럼 자연스럽게 몸을 움직이며.

'부드러움이 강함을 능히 제압하니.'

스아아!

촤아아!

옥허진인의 마지막 깨달음으로 완성한 태극혜검의 최종
진화형, 천유 태극혜검(天柔 太極慧劍)을 펼칠 따름이었다.

'......!'

'거, 검이?'

오로지 적을 꺾을 강(强)의 묘리로 병장기를 휘두르던 적들
이 당혹감을 숨기지 못했다.

휘이익!

처처척!

태일의 검이 궤적에 따라 각자의 병장기가 자석에 붙은 것
처럼 찰싹 붙더니 떨어지지가 않았던 탓이었다.

순식간에 수많은 병장기들이 둥근 원으로 송문고검에 달
라붙어 있었다.

순간, 태일의 눈이 번뜩였다.

무인이 자신의 병장기를 빼앗겼다는 것은 목숨을 이미 잃
었다는 것과 같은 말이었다.

좌아아아!

서거걱!

"크억!"

"끄아악!"

섬뜩한 절삭음과 함께 겁에 질려 있던 정검맹의 무인들이 허수아비처럼 힘없이 땅에 쓰러져 내렸다.

태일이 터준 길로 도진우가 빠르게 진격해 나갔다.

"귀운대주!"

"오! 도와주러 왔나?"

마륵의 곁에 도착한 도진우가 적이 듣고 방비할 수 없게 전음으로 은밀히 계책을 전했다.

"귀운대주, 가능하겠소?"

"물론이다. 하지만 그 정도를 하려면 주인이 준 기운을 모두 써야 한다."

기회는 딱 한 번뿐이라는 뜻이었다.

"좋소, 해 주시오."

도진우가 대답하자 마륵이 고개를 끄덕였다.

스아아!

마륵의 주변으로 극저온의 한빙기(寒氷氣)가 넘실거리기 시작했다.

마치 눈보라가 흩날리는 듯한 광경이 펼쳐졌다.

"귀운대원들은 모두 대주님을 지켜라!"

마륵과 같은 곤륜노를 포함해 온갖 색목인이 즐비한 귀운 대원들이 마륵의 곁을 지켰다.

"저놈을 막아!"

"죽여라!"

마륵의 전신에서 쏟아지는 심상치 않은 기운에 적들이 이상사태를 감지하고 총공세를 펼쳤지만.

"하앗!"

그보다 한발 앞서 모든 준비를 마친 마륵은 양손에서 북해의 눈처럼 새하얗게 빛나고 있는 빙기(氷氣)를 대지에 내리꽂았다.

쐐애액!

촤아아!

그와 동시에 마륵의 손에서 뻗어 나간 빙기가 빠르게 대지의 안쪽을 들쑤시며 앞으로 쏘아져 나갔다.

콰가가가가!

콰르르르!

그리곤 뒤이어 마치 지진이라도 난 듯이 대지가 뒤흔들리며 지면에서 서로를 마주 보는 두 개의 거대한 빙벽(氷壁)이 드높이 치솟아 오르기 시작했다.

"피, 피해!"

"으아악!"

빙기에 휩쓸리지 않기 위해 적들이 허둥대며 나려타곤으

로 몸을 날리는 가운데.

파바밧!

촤아아!

두 줄기의 섬광이 번쩍였다.

도진우와 태일이 현종진인이 있는 곳으로 극성으로 신법을 발휘한 것이었다.

'됐다! 빙벽 사이의 길을 따라 일직선으로 꿰뚫는다!'

전장에 빙벽을 세워 적들의 방해 없이 현종진인에게 접근하겠다는 도진우의 계책은 완벽히 성공했다.

현종진인의 곁을 지키던 매화검수들 마저 두꺼운 빙벽을 뚫지 못하고 어찌할 바를 모르던 찰나.

쐐애액!

콰가가!

진각을 박차며 뛰어오른 태일과 도진우가 전력으로 각자의 절초를 펼치며 현종진인의 목을 노렸다.

하나 현종진인은 기습에도 조금도 당황하지 않았다.

"네놈들 따위가 감히 나를 상대할 수 있을 것 같더냐!"

스아아!

현종진인이 검강이 깃든 검을 휘두르자, 선명한 매화향이 주변에 퍼져 나갔다.

그에게 매화검혼이란 별호를 만들어 준 오행매화검(五行梅花劍)이었다.

촤라라라!

검게 물든 흑매화(黑梅花)가 허공을 화려하게 수놓았다.

도진우가 펼친 검초는 모두 흑매화를 뚫지 못하고 애꿏은 허공만을 베어 냈다.

'이런!'

도진우가 낭패한 표정을 숨기지 못하던 그때.

태일은 자신의 모든 기운을 끌어 올려 현종진인에게 쏟아 내었다.

천유 태극혜검.

오의.

태극무상(太極無上).

'태극혜검? 아니, 이건 처음 보는……!'

"크윽!"

현종진인이 신음을 흘리며 암향표(暗香飄)로 태일의 검을 겨우 피해 냈다.

서거걱!

하지만 완벽히 피해 낸 것은 아니어서 현종진인의 오른 팔에 깊은 자상이 남았다.

'이런.'

'……아쉽군.'

하지만 그 정도는 도진우와 태일에게 부족할 수밖에 없었다.

거리를 벌린 현종진인이 혈도를 짚어 출혈을 막았다.

그러곤 빠득, 소리 나게 이를 갈며 두 사람에게 소리쳤다.

"흥! 지휘관이란 놈이 비겁하게 기습을 하다니 부끄럽지도 않은가?"

현종진인의 말에 태일이 코웃음을 치며 말했다.

"우습군, 정파의 가면을 쓰고 더 큰 힘을 위해 혈교와 손을 잡은 기만자가 부끄러움을 입에 담다니."

"……무당의 애송이가 감히 누구에게!"

자신의 치부를 찔린 현종진인이 태일을 노려보며 살기를 내뿜고 있었다.

'새로운 힘을 발휘하면 일수에 목을 꺾어 버릴 수 있거늘.'

빠득!

화가 머리끝까지 난 현종진인은 당장에라도 혈교에게서 받은 힘을 발휘하고 싶었으나…….

하지만 이내 그는 생각을 달리했다.

'아니다, 무당의 검 따위는 대 화산의 검에 발끝도 미치지 못한다는 걸 확실히 보여 주마!'

본래 무당파와 화산파는 오랜 시간 정종 검파의 종주 자리를 두고 경쟁해 온 관계였다.

겉으로 보기에는 담천군에 의해 화산파의 승리로 막이 내

린 것 같았지만, 실제 무당파를 멸문시키는 과정에서는 전혀
그렇지 않았다.

화산파의 무공만으로는 무당파의 거센 저항을 꺾는 것이
역부족이었기에 혈교의 사공과 요괴 들을 모조리 쏟아부은
억지 성공이었던 것이다.

무당파 멸문의 선봉에 섰었던 현종진인은 아직도 그날의
무너진 자존심이 회복되지 못한 상태였다.

그렇기에 현종진인은 무당파의 마지막 후예인 태일을 오
로지 화산파의 무공으로 꺾으리라 다짐했다.

"바짝 엎드려 발을 핥으며 목숨을 구걸하게 해 주마!"

흉신 악살과 같은 기세로 현종진인이 맹렬히 검을 휘둘렀
다.

전신에서 쏟아지는 끔찍한 살기는 그가 도사라는 것이 의
문스럽게 느껴질 정도였다.

"그 말 그대로 돌려주지!"

반면 태일의 검은 무당파 특유의 현기가 휘몰아치고 있었
다. 현종진인의 그것과는 극명하게 상반된 검초였다.

스아아!

콰가가가!

두 사람의 검이 허공에서 맞부딪치자 태풍과도 같은 충격
파가 전장에 쏟아졌다.

'……이놈!'

단 일 합만을 겨루었을 뿐이지만, 현종진인은 인정할 수밖에 없었다. 놈과 자신의 검술 실력이 큰 차이가 없다는 것을 말이다.

두두두!

"대장로님을 도와라!"

"무당파의 악적을 해치워라!"

그사이, 정검맹 무사들이 마릉의 빙벽을 무너뜨리고 태일에게 달려들려 했다.

자신에게 몰리는 기운을 느낀 태일이 급하게 도진우에게 전음을 보냈다.

─수하들을 상대해 주십시오! 이놈은 제가 처치하겠습니다!

─……알겠습니다! 최대한 빨리 합류할 테니 부디 조심하십시오!

"나를 베지 않고서는 앞으로 나아가지 못하리라!"

도진우는 현종진인을 기습하려 틈을 노리고 있었지만, 이내 몸을 돌려 정검맹의 무사들을 향해 검을 뻗기 시작했다.

촤아아!

순간, 현종진인은 다시금 암향표를 극성으로 펼치며 태일에게 달려들었다.

어찌나 빠른지 그가 지나쳐 온 경로를 따라 잔상이 비칠 정도였다. 절정의 이형환위였다.

파바밧!

하지만 태일은 조금도 물러서지 않았다. 그 또한 무당의 비기인 제운종(梯雲縱)을 펼치며 현종진을 그대로 뒤쫓았다.

낮은 경지의 무사들은 눈으로 좇을 수조차 없는 속도였다.

'……무슨!'

현종진인은 얼굴에 떠오른 당혹스러움을 숨기지 못하고 있었다.

유신운을 쫓아다니느라 스승에게 제대로 사사조차 받지 못했을 것이 분명한 애송이가 전력을 발휘한 자신과 비등하게 대적해 오고 있었다.

그동안 유신운이 특히 정성을 들여 가르쳐 온 이유도 있었지만, 사실 맞붙고 있는 두 사람의 의지의 차이가 훨씬 극명했다.

'스승님과 사형제들의 복수를 하고 말겠다!'

무당파의 멸문에 가장 앞장서고 그 후로도 무당파의 잔당이라면 눈에 불을 켜고 찾아내 잔인하게 살해한 현종진인에 대한 분노가 태일을 자신의 능력을 극한까지 발휘하게 하고 있었던 것이다.

처척!

신법으로는 도저히 우위를 설 수 없다고 결론을 내린 현종진인이 걸음을 멈췄다.

"별 볼 일 없던 네놈의 스승만큼이나 검이 하찮구나!"

"감히 그 더러운 입에 스승님을 담지 말라!"

좌라라라!

쐐애액!

현종진인은 다시금 오행매화검을 펼쳐 내기 시작했다.

수십의 흑매화가 허공에 피어나기 시작하며, 진한 매화향 또한 퍼져 나갔다.

하지만 본래의 정순한 향이 아닌 사람을 홀리게 하는 사이(邪異)하기 그지없는 향이었다.

콰가가가!

서거걱!

"크아악!"

"대, 대장로님!"

미처 피하지 못하고 흑매화에 닿은 정검맹 무사들이 비명을 내질렀다.

현종진인은 태일을 죽이기 위해 아군이 피해를 입는 것 따위는 신경도 쓰지 않고 있었다.

쐐애액!

스아아!

태일은 폭우처럼 자신에게 쏟아져 내리는 흑매화들의 중심으로 파고들었다.

그 광경을 목도한 도진우를 포함한 모든 백운세가의 무인들이 당황을 금치 못했지만.

진각을 박차며 허공에 뛰어오른 태일은 수십 방위로 검을 쏘아 내며 새로운 검결을 완성하기 시작했다.

천유 태극혜검.

7초.

할운쇄월(割雲碎月).

태일이 허공에 그리기 시작한 무수한 태극이 달과 구름을 베고 쪼개듯 흑매화를 흔적도 없이 사라지게 만들고 있었다.

그에 현종진인이 이를 악물고 흑매화를 피우고, 피우고 또 피워 봤지만.

'……말도 안 돼!'

태일의 검의 움직임이 현종진인의 것보다 두 수는 더 **빨랐다**.

고수들의 싸움에서 일초식의 차이는 목숨을 갈라놓는 법. 이미 이 승부의 승자는 태일이었다.

–자네는 검(劍)보다 도(道)를 먼저 떠올려야 할 것일세, **현종**.

차오르는 모멸감과 함께 그의 머릿속에 과거 자신을 쓰러 뜨리고 조언을 던졌던 현학도장의 말이 스치고 지나갔다.

'……이럴 수는 없다! 무당 따위에 또 질 수는 없어!'

태일의 검이 현종진인의 목덜미를 노리고 쇄도하던 그때였다.

화르르!

콰가가가!

"……!"

현종진인의 전신에서 피어오르는 끔찍한 마기에 태일이 검로를 수정하며 뒤로 빠르게 물러났다.

자존심 따위는 버리고 오로지 태일을 죽이기로 작정한 현종진인이 혈교에서 전해 받은 마공을 시전한 것이었다.

"죽어라!"

현종진인의 왼손에서 피처럼 붉은 마기가 와류처럼 휘몰아치고 있었다.

콰가가!

콰아앙!

화산파의 절기인 태을미리장(太乙迷離掌)이 마기를 품고 태일에게 날아들었다.

스아아!

콰르르!

태일은 제운종으로 회피하려 했지만, 장풍은 허공에서 방향을 꺾어 가며 그에게 쇄도했다.

결국 태일은 모든 내기를 송문고검에 집중시켜 장풍을 받아쳤다.

퍼퍼펑!

콰강!

"크윽!"

그러나 장풍에 담긴 힘을 이기지 못하고 태일은 처음으로 자세가 무너져 땅을 굴렀다.

마기를 사용하는 현종진인은 이전과는 달랐다. 그의 경지보다 확실히 우위에 올라서 있었다.

태일은 몸을 일으키며 현종진인을 노려보았다.

"그래, 결국 그게 너의 본모습이다. 힘을 얻기 위해 도를 저버린 한심한 놈."

"그 입 닥쳐라!"

파바밧!

태일의 말에 현종진인은 발작을 하며 전광석화처럼 달려들었다.

태일은 입가에 흐른 핏기를 닦으며 단전의 태극신기를 끌어 올렸다.

촤라라라!

콰가가!

다시금 검과 검이 허공에서 거세게 맞부딪쳤다.

이제 현종진인의 검에서 흑매화는 피어나지 않았다.

오로지 살육을 위한 검법인 혈교의 비전, 천섬마형뢰(天閃魔形雷)가 펼쳐지고 있었다.

익힌 자는 점차 이성을 잃고 피에 굶주린 검마(劍魔)가 된다는 저주받은 검술이었다.

콰르릉!

콰아아앙!

하지만 저주의 이름만큼이나 위력은 흉포하고 거대했다.

합이 늘어날 때마다 태일의 안색이 눈에 띄게 어두워지고 있었다.

'허억, 헉. 점점 한계가 오고 있다.'

한 번도 쉴 틈 없이 이어진 전투로 인해 태일의 내기가 점점 바닥을 드러내고 있었던 것이다.

"죽엇!"

연격에 생긴 태일의 작은 빈틈을 노리며 현종진인이 먹이를 노리는 독사처럼 검을 펼쳤다.

파아앗!

채챙!

"고작 그 정도가 네놈의 전부더냐!"

"갈! 하찮은 표사 따위가!"

어느새 수하들을 해치운 도진우가 태일에게 합류해 있었다.

그는 내상을 입은 태일을 뒤에 세우고 맹렬히 검을 휘둘렀다.

하지만 두 사람의 합공에도 현종진인이 우위를 가져가는

것은 바뀌지 않고 있었다.

한데 그때였다.

콰가가가!

콰아앙!

"크아악!"

"끄, 끄극……!"

뒤편의 전장에서 갑자기 거대한 폭음과 함께 고통에 찬 비명이 터져 나오기 시작했다.

'지원군이……!'

'도착했다!'

전투를 치르던 세 사람은 본능적으로 전장에 새로운 지원군이 당도했음을 깨달았다.

타앗!

거리를 두고 물러선 세 사람은 동시에 소음이 들려온 방향으로 시선을 돌렸다.

"……!"

'……이런!'

전장의 상황을 확인한 세 사람의 얼굴에 희비(喜悲)가 교차했다.

흑장의를 걸친 일단의 무리가 백운세가 진영을 휘젓고 있었다.

"쿨럭! 모두 물러나라!"

"적들 강하다! 모두 내 뒤로 와라!"

마륵과 주태가 피칠갑을 한 채 그들을 막아서려 하고 있었지만, 그들의 무위로는 의문의 적들에게 상대조차 되지 않고 있었다.

그들은 백운세가의 무사들을 무참히 베어 내며 현종진인에게 빠르게 접근하고 있었다.

"대장로님! 맹주님의 지원군이 도착했습니다."

그러던 중, 그들과 함께 온 화산파의 무사 하나가 현종진인에게 말을 꺼냈다.

"하하하! 표정이 참으로 우습구나! 왜 지금이라도 항복을 하고 싶더냐?"

어두워진 태일과 도진우의 낯빛을 확인한 현종진인이 폭소를 터뜨리며 말을 꺼냈다.

처척!

처처척!

그러던 찰나, 새롭게 합류한 의문인들이 현종진인의 앞을 가로막으며 태일과 도진우에게 검을 들어 올렸다.

한데 그때, 무언가를 확인한 태일과 도진우의 눈이 지진이라도 난 듯이 거세게 흔들렸다.

"……저 검은!"

"……!"

그들이 경악한 이유는 적들이 들고 있는 검의 정체 때문이었다.

의문인들이 손에 쥐고 있는 검은 하나 같이 모두 태일이 지닌 것과 같은 송문고검이었던 것이다.

송문고검은 무당파의 검수임을 증명하는 증표.

"클클, 네놈에게 최후를 선물하기에 걸맞은 놈들이 왔구나!"

그러던 그때, 현종진인이 사악하기 그지없는 미소를 지으며 의문인들의 복면을 거두었다.

"아아! 하늘이시여!"

"……말도 안 돼."

적들의 정체가 드러나자 정파 무사들이 하나같이 침음을 흘렸다.

한데 그럴 만도했다.

복면 아래로 등장한 의문인들의 정체는.

무당파의 기둥이자 수호신이었던 태극칠검(太極七劍)과 무당십팔검수(武當十八劍手) 그리고…….

"……스승님."

태일의 스승이자 무당파의 장문인이었던 현학도장이었으니까.

그들은 텅 빈 공허한 눈으로 태일을 바라보고 있었다.

목덜미에 있는 꿰맨 자국과 파랗게 질린 시체의 몸은 그들이 강시라는 것을 말해 주고 있었다.

태일이 극에 이른 분노를 토해 내며 나직하게 말했다.

"……네놈들은 정말 인간으로서 지켜야 할 선조차 넘어 버렸구나."

"선? 그따위 것을 지킨다고 이 세상이 축복해 줄 것 같나? 마지막에 남아 모든 재물과 영광을 취하는 오로지 승자(勝者)뿐이다!"

그러자 현종진인이 자신의 부정을 정당화하려는 듯, 목에 핏줄을 세우며 소리쳤다.

"자, 현학! 네놈의 제자를 직접 죽여……!"

현종진인이 강시들에게 명령을 내리려던 찰나였다.

쐐애액!

서거걱!

투둑.

갑자기 공기가 찢어지는 파공성과 함께 소름끼치는 절삭음이 울려 퍼졌다.

모두가 고개를 갸웃하던 그때.

"크아아악!"

현종진인이 느닷없이 비명을 지르고 있었다.

"……!"

"내 팔, 내 팔이!"

모두는 깜짝 놀랐다. 검을 쥐고 있던 현종진인의 오른팔이 땅을 뒹굴고 있었던 것이다.

정검맹의 무사들이 당혹감을 숨기지 못하며 이내 파공성
이 들려온 곳으로 고개를 돌렸다.

"……!"

그들 중 어느 누구도 감히 말을 꺼내지 못했다.

협곡의 중턱에 한 존재가 고고하게 홀로 서있었다.

칠흑의 갑주와 칠흑의 투구.

그리고 투구 속에서 불꽃처럼 타오르는 서슬 퍼런 안광.

"……흑명왕."

누군가가 공포와 충격에 찬 목소리로 뇌까렸다.

백운세가의 수호신, 유일랑이 전장에 모습을 드러냈다.

5장

백운세가의 수장 유신운과 무력은 큰 차이가 없을 거라는, 혹자는 오히려 실질적인 강함은 더욱 강할 것이라 평가되는 흑명왕이 전장에 등장하자 양측은 완전히 상반된 반응을 보였다.

"와아아! 흑명왕님이 오셨다!"

"히익! 지, 진짜 흑명왕이다!"

백운세가의 무인들은 지쳐 쓰러질 것 같았던 몸에 활기와 힘이 솟구쳐 오르는 것을 느꼈으나, 정검맹의 무사들은 저승사자를 본 것처럼 가슴이 터질듯이 쿵쾅거리며 뛰고 있었던 것이다.

"끄, 끄으윽!"

이런 급박한 상황에서 현종진인은 고통에 몸부림치고 있었다.

　졸지에 어깻죽지부터 팔 한쪽이 떨어져 나갔으니 정신을 못 차릴 만도 했다.

　하나 전장의 사기가 완전히 급반전되자 곁에 있던 화산파의 장로 중 하나가 다급히 다가와 말을 꺼냈다.

　"대, 대장로님. 적의 지원군이 도착한 모양입니다. 속히 명령을 내려 주셔야 합니다……."

　으드득!

　"……알겠다."

　장로의 말에 남은 한 손으로 힘겹게 혈도를 짚은 현종진인이 이를 갈며 대답했다.

　그는 실핏줄이 터져 붉게 물든 눈으로 흑명왕을 노려보았다.

　'이 비겁한 놈이 비열하게 암수를 써? 사천당가가 붙었다고 하더니 가보(家寶)라도 하나 빼앗았나 보군.'

　현종진인은 상대가 자신에게 타격을 입힌 것이 유일랑의 실력이라고 생각하지 않고, 그저 당가에서 빼앗은 암기가 있었으리라고만 속단하고 있었다.

　저렇게나 먼 거리에서 자신의 팔을 잘라 낼 수단이 암기 말고는 없다고 생각한 까닭이었다.

　하나 땅바닥에 널브러진 자신의 오른팔에서 검을 회수하

무림세가
전생검귀

던 현종진인은 의아할 수밖에 없었다.

'……뭐지? 암기는 어디에 있는 거야?'

샅샅이 보고 있지만 주변 그 어디에도 자신의 팔을 잘라 낸 암기가 보이지 않았던 것이다.

말도 안 되는 일이었다.

저자가 전설 속에나 전해지는 무형기(無形氣)를 발산하기라 도 했다는 것인가.

스아아!

촤아아!

그러던 그때, 흑명왕이 가볍게 발을 구르며 현종진인에게 로 몸을 날렸다.

그 어떤 기수식도 보이지 않았건만, 눈으로 좇는 것조차 버거운 속도였다.

"크아악!"

"무, 무슨? 컥!"

흑명왕은 한 줄기의 섬광처럼 이동하는 가운데 전장에서 스치는 적들을 모조리 베어 내고 있었다.

참격을 행하는 동작조차 보지 못하고 정검맹의 무사들이 단말마의 비명과 함께 땅에 몸을 누이고 있었다.

'허, 그사이에 더 강해지셨군.'

'가주님과 흑명왕님은 따라가는 것조차 버겁구나.'

그 진풍경을 보며 태일과 도진우가 진기를 고르는 와중에서도 진심어린 탄성을 내지를 수밖에 없었다.

기하급수적으로 쌓여 가는 정검맹 무사들의 시체에 현종진인이 장로에게 명을 내렸다.

"놈이 있던 산 중턱으로 가서 지원군이 얼마나 더 왔는지, 또 그들의 무위는 어떠한지 확인해라."

"예, 알겠습니다!"

말이 끝나자마자 화산파 장로가 신법을 흑명왕과 마주치지 않도록 우회해서 이동했다.

'세 곳으로 분산된 적들의 병력 중 올 수 있는 건 고작해야 한 곳일 터. 그 정도라면 우리의 우위를 계속해서 점할 수 있다.'

현종진인이 그렇게 머리를 굴리던 찰나.

처척.

자신을 가로막는 모든 정검맹의 무사들의 숨을 끊어 놓은 유일랑이 놈의 앞에 당도하였다.

투구 속에서 음험한 빛을 발하는 안광에 현종진인은 등줄기로 식은땀 한 방울이 흘러내렸지만.

"흥! 팔 하나를 끊어 놓으면 이길 줄 알았더냐? 네놈의 간악한 수작질은 모두 간파하였으니 더 이상의 실수는 없으리라!"

애써 동요하지 않는 척하며 왼손으로 집은 검에 진기를 불어넣었다.

현종진인의 검에서 선명한 검강이 흉포한 빛을 발하고 있었다.

스르릉!

촤아아!

유일랑은 놈에게 어떠한 반응도 없이 그저 검을 지긋이 들어 겨눌 뿐이었다.

현종진인은 한마디 말도 없이 자신을 무시로 일관하는 유일랑에 단전 깊은 곳에서 분노가 치밀어 오르고 있었다.

'시건방진 놈! 오고 있는 지원군의 수가 그리도 많다는 것이냐?'

현종진인은 그 자신감의 출처를 곧 도착할 추가 병력 때문이라 생각했지만.

"대장로님! 추가 지원군이 아무도 없습니다. 온 것은 놈뿐입니다!"

그런 찰나, 산 중턱에 오른 화산파 장로가 득의양양한 모습으로 크게 소리쳤다.

그랬다.

정말로 화산파 중턱에서 유일랑이 온 반대편을 내려다보자 텅텅 빈 풍경만이 자리하고 있었다.

유일랑은 단신의 몸으로 이곳에 온 것이었다.

그 사실에 정검맹 무사들의 낯빛이 밝게 빛나기 시작했다.

현종진인은 커다랗게 웃음을 터뜨리며 유일랑을 조롱했다.

"하하하, 한낱 허장성세(虛張聲勢)였나? 그 명성이 제 주인만큼이나 과장되었구나!"

추가 병력이 없다는 것으로 백운세가 진영의 물오른 사기를 꺾어 버리려는 수작이었으나.

"흥! 지원군이 뭐 더 필요한가!"

"흑명왕님이 오셨으면 우리의 승리다!"

현종진인의 생각과 달리 백운세가 무사들의 사기는 전혀 떨어지지 하지 않았다.

그들은 진심으로 유일랑 단 한 사람이 온 것만으로도 이미 전장의 승패는 정해졌다 생각하고 있었던 것이다.

그 광경에 현종진인이 미간을 찌푸렸다.

'이놈들이 대 화산파의 대장로인 나를 뭐로 보고!'

"오냐! 이놈의 목을 베어 같잖은 희망을 짓밟아 주마!"

파바밧!

촤아아!

현종진인이 극성으로 신법을 발휘하며 유일랑에게 달려들었다.

우우웅!

그러나 유일랑은 회피할 필요도 없다는 듯 가만히 자리에서 검에 순마기를 불어넣을 뿐이었다.

'……마공?'

유일랑의 검에서 느껴지는 마기에 현종진인의 얼굴에 당

황이 배어 나왔다.

보법을 밟으며 흑명왕의 지근거리까지 접근한 현종진인은 일순간 고민했다.

항마(降魔)의 힘을 지닌 화산파의 정공을 사용할 것인가. 더한 파괴력을 지닌 혈교의 무공으로 꺾을 것인가.

"죽어랏!"

촤라라!

콰가가!

현종진인이 선택한 것은 화산파의 정공이 아닌 혈교의 마공이었다.

결과적으로 그것은 최악의 선택이었다.

천섬마형뢰(天閃魔形雷).

오의.

혈뢰강림(血雷降臨).

파즈즈!

피처럼 붉은 뇌전이 현종진인의 검날에서 타올랐다.

검강을 타고 허공에 피어오르며 타들어 가는 붉은 뇌전은 닿는 모든 것을 재로 만들어 만큼 강렬했다.

'네놈 따위가 이 한 수를 받아 낼 수 있을 것 같더냐!'

현종진인은 한 발을 축으로 몸을 맹렬히 회전시키며, 자신만만하게 유일랑의 목덜미로 검강을 쏟아 냈다.

……하지만 그는 정녕 몰랐다.

천섬마형뢰가 혈교가 천진중에게서 전해 받은 마교의 무공이며.

마교에 존재하는 모든 무공의 파훼법은 이미 유일랑의 머릿속에 있다는 것을.

촤아아!

유일랑이 한 발 앞으로 나서며 자신의 마검을 현종진인이 펼친 검형(劍形) 속으로 불쑥 집어넣었다.

파스스!

그 한 수에 갑자기 현종진인의 검에서 타오르고 있던 혈뢰가 차게 식어 버렸다.

'……무슨?'

현종진인이 느닷없이 발생한 현상에 당혹감을 숨기지 못하던 찰나.

천섬마형뢰의 검초를 완전히 망가뜨린 유일랑의 마검은 살아 있는 독사처럼 현종진인의 검을 타고 진격해 나갔다.

연약한 먹잇감을 자신의 몸으로 천천히 감싸 오는 독사의 몸놀림은 유일랑의 검날을 넘어 그의 왼팔을 타고 앞으로 나아갔다.

"끄, 끄윽!"

유일랑의 검이 스치고 지나간 현종진인의 왼팔에서 극통

이 퍼져 나가자 현종진인이 신음을 흘렸다.

서거걱!

그의 왼팔의 도포가 수십 조각으로 잘려 땅에 떨어지고 있었다.

유일랑의 마검의 칼날이 녀석의 팔을 난자해 버렸던 것이다.

'아, 안 돼!'

왼팔을 망가뜨린 뒤, 이제는 자신의 목을 향해 다가오는 유일랑의 검에 현종진인이 이를 악물고 뒤로 물러났다.

서걱!

투둑!

하지만 적의 친 덫을 밟고 억지로 도망가려 한 대가는 컸다.

"크아아아악!"

유일랑의 마검은 도망치는 녀석의 팔 한쪽을 또다시 베어 냈다.

양팔을 잃은 현종진인이 핏기가 사라진 얼굴로 비명을 내질렀다.

"대, 대장로님!"

"이게 무슨……?"

검사가 두 팔을 잃었다는 것은 생명이 끊어진 뜻이나 마찬가지였다.

화산파의 검수들이 처참한 몰골이 된 자신들의 대장로를 보며 절망에 빠져 있었다.

하지만 현종진인은 그런 것을 신경 쓸 겨를이 없었다.

'크윽! 마, 마기가 왜 폭주를……!'

현종진인의 내부로 침투한 유일랑의 순마기가 현종진인의 혈도를 타고 흐르며 마기를 격동시키고 있었다.

순마기는 모든 마기들의 우위에 서는 기운.

아무리 현종진인이 마기를 억누르고 진정시키려 해도 순마기는 비웃으며 더욱더 강하게 날뛰었다.

"크아악!"

현종진인이 한계를 벗어난 고통에 또다시 비명을 내질렀다.

강제로 주화입마 상태가 되어 버린 그의 전신에 혈관이 징그럽게 부풀어 올라 있었다.

"대장로님, 괜찮으십니까!"

"저, 정신 좀 차려 보십시오!"

그 처참한 몰골에 장로들과 일대 제자들이 다급히 다가갔다.

"끄그, 극! 끄극!"

"대, 대장로님 왜, 왜? 크아악!"

"끄극! 사, 살려 주십……! 킥!"

그러자 이성을 상실한 현종진인이 인간의 것이 아닌 소리를 입에서 내며 그들의 기운을 흡수하기 시작했다.

현종진인의 몸에서 오염된 마나가 미쳐 날뛰었다.

털썩!

기운을 모조리 빼앗긴 장로와 일대 제자들이 목내이가 되어 바닥에 쓰러졌다.

자신의 사형과 스승에게 죽을 줄 몰랐던 그들은 경악한 표정 그대로 말라 비틀어져 있었다.

"끄르륵!"

현종진인의 얼굴이 녹아내리고 몸에 포자가 부풀어 오르며, 이제 완연한 몬스터의 모습으로 바뀌고 있었다.

현경에 달한 내기로 오염된 마나를 조절하고 있었는데, 순마기로 인해 엉망이 되어 버리자 조절 영역이 무너져 버린 것이다.

자신만만했던 검수의 모습은 온데간데없이, 놈은 살아 움직이는 버섯 괴물인 슈라커가 되어 버렸다.

"저게 무슨……!"

"우욱!"

몬스터들 중에서도 가장 외형이 흉측하게 생긴 슈라커였기에, 현종진인을 바라보는 화산파 무사들의 눈에 혐오와 공포만이 남아 있었다.

파바밧!

이제 모든 자아가 사라진 슈라커가 유일랑을 향해 달려들었다.

이제 놈에게는 유일랑에 대한 살심만이 유일하게 남아 있었다.

"구에엑!"

"크아악!"

연신 입과 온몸에서 치명적인 독성이 깃든 포자와 독액을 토해 내는 슈라커에 주변에 있던 화산파 무사들이 고통에 찬 신음을 쏟아 냈다.

포자가 뿌리를 내린 상처마다 시커먼 진액이 흘러나오며 버섯이 피어올랐다.

"저놈은 대장로님이 아니다! 베, 베어 버려!"

"이 괴물!"

화산파 무사들조차 자신에게 다가오지 말라며 검을 휘둘렀다.

그렇게 자신의 제자들에게 멸시와 함께 검을 찔려 가면서도, 슈라커는 유일랑에게 마침내 당도했다.

푸푹!

푸푸푹!

−그아아?

그러나 독액을 흩뿌리려던 슈라커는 온몸이 움직이지 않자 사지를 떨어 댔다.

무형의 송곳이 놈의 사지를 대지에 결박시켜 놓고 있었다.

무림세가
전생집러

유일랑이 슈라커가 자신의 앞에 도착하자마자 무형검강을 쏘아 날렸던 것이다.

"그, 그아아!"

자신을 향해 천천히 다가오는 유일랑을 보며 슈라커가 신음을 흘렸다.

죽음에 대한 공포가 살심조차 사라지게 만들어 놓은 상태였다.

화르르!

파스스!

어느새 유일랑의 검에 흑염과 뇌전이 동시에 타오르고 있었다.

뇌운십이검 일랑류.

비전오의.

염뢰무쌍(炎雷無雙).

"아아."

"대장로님이……."

화산파의 무사들의 깊은 탄식이 흘러나오고 있었다.

안타까움과 절망이 담긴 그들의 시선이 닿은 곳에는 불꽃과 뇌전에 휩싸여 재가 되어가고 있는 현종진인의 시체가 자리 잡고 있었다.

지휘관을 잃은 군세만큼 쉽게 와해되는 것은 없었다.

'지, 지금이라도 빨리 후퇴해야 하는 것 아냐?'

'……도, 도망가야 해. 대장로님이 없는데 우리가 어떻게 저들을 이기겠어.'

화산파의 무인들과 정검맹의 무사들은 하늘같았던 기세는 온데간데없이 서로를 바라보며 도망갈 최적의 때를 기다리고 있을 뿐이었다.

철컹!

처척!

그러던 중, 적을 해치운 유일랑이 그들을 향해 몸을 돌렸다.

"히익!"

"헉!"

묵빛 갑주가 내는 소리를 듣고 무사들이 새파랗게 질린 얼굴로 유일랑을 바라보았다.

그들이 유일랑을 바라보는 시선에는 오로지 공포만이 담겨 있었다.

스아아아!

콰아아!

그러던 그때, 갑작스레 전장의 한편에서 엄청난 마기가 들끓기 시작하였다.

"크아악!"

"컥!"

그와 동시에 백운세가 무사들의 고통에 찬 신음이 터져 나왔다.

서걱!

서거걱!

강시가 된 태극칠검(太極七劍)과 무당십팔검수(武當十八劍手)들이 미쳐 날뛰고 있었다.

그들을 조종하던 현종진인이 죽음을 맞이하자 통제를 잃고 폭주하기 시작한 것이다.

쩌적!

쩌저적!

태극칠검과 무당십팔검수들의 몸에 균열이 발생하여 있었다.

신체가 서서히 파괴될 정도로 극한까지 힘이 발현된 탓이리라.

강시들이 날뛰며 전장을 휘젓기 시작하자 궁지에 몰렸던 화산파 무인들이 활로를 찾았다 생각하며 크게 소리쳤다.

"아직 우리에겐 한 수가 남았다!"

"현학도장이 저들을 해치울 것이다! 모두 검을 들어라!"

화산파 무인들은 부끄러움이란 것이 없는 존재들인 듯, 현학도장의 이름을 부르짖으며 사기를 고무시켰다.

우아아아!

하지만 효과는 있었다. 혼란에 빠졌던 정검맹의 무사들이 다시금 자신감을 얻고 백운세가의 병력에 검을 휘두르기 시작한 것이다.

폭주한 태극칠검과 무당십팔검수들의 무위는 한 사람, 한 사람이 화경 그 이상이었기에, 전장은 다시금 치열해지기 시작했다.

"스승님, 제발 정신을 차리십시오!"

그런 찰나, 현학도장과 싸우고 있던 태일이 슬픈 눈으로 울부짖었다.

채챙!

채채챙!

송문고검과 송문고검이 허공에서 격돌하며 주황빛 불꽃을 만들었다.

태일의 거듭된 절규에도 현학도장은 자신의 제자를 향해 일말의 망설임도 없이 잔혹한 살초를 뿌리고 있었다.

쐐애액!

촤아아!

공기가 찢어지는 파공성과 함께 태일의 빈틈을 노리며 현학도장의 태극혜검이 펼쳐졌다.

평점심을 상실한 태일이 그대로 목이 베어질 찰나.

타다닷!

파박!

급히 몸을 날린 도진우가 태일을 밀치며 대신 공격을 받았
다.

서걱!

"크윽!"

하지만 상대는 무당파의 장문인. 도진우의 무위는 한참 뒤
떨어졌다.

일격조차 버티지 못한 도진우의 어깨에 깊은 자상이 남았
다.

쐐애액!

도진우의 목을 노리며 참격이 쏟아졌다.

다급히 막아내려던 도진우의 표정이 하얗게 질렸다.

'……팔이 움직이지를 않는다.'

현학도장의 검에 실려 있던 마기가 그의 팔에 흘러 들어와
마비시킨 것이었다.

칼날이 어느새 그의 코앞까지 당도한 그때.

채챙!

콰가강!

"……!"

어느새 거리를 좁힌 유일랑이 현학도장의 검을 받아쳤다.

두 사람의 검이 교차하자 대지가 울릴 정도로 엄청난 충격

파가 전장에 튕겨 나갔다.

그렇게 검격이 이어지던 찰나, 유일랑이 도진우에게 눈빛을 보냈다.

"알겠습니다!"

도진우는 즉시 뜻을 알아차리고 고개를 끄덕이며 즉시 신법을 발휘했다.

도진우는 지친 몸을 이끌고 태극칠검과 무당십팔검수가 날뛰는 곳으로 향했다.

우우웅!

"……?"

그때, 태일의 몸이 두둥실 허공으로 떠올랐다.

유일랑이 허공섭물로 태일을 통째로 들어 자신의 등 뒤로 이동시킨 것이었다.

'이건!'

태일은 당황했지만 곧 눈앞에서 펼쳐지는 자신보다 아득히 높은 경지의 두 사람이 펼치는 공방에 시선을 빼앗겼다.

뇌운십이검 일랑류.

칠초(七招).

비전오의(祕典奧義) 흑천신살(黑天神殺).

칠흑의 섬광이 번뜩이자 유일랑은 현학도장의 눈앞에 도

착하여 있었다.

채채챙!

콰가가가!

검초를 펼치는 유일랑의 몸이 만화경(萬華鏡) 속의 그것처럼 서서히 나누어지더니 곧 수십 명의 분신으로 완성되었다.

신법의 극한을 이룬 유일랑이 잔상마저 실재가 될 정도의 속도를 재현시킨 것이다.

수십 명의 유일랑이 동시에 전부 다른 초식을 펼쳐 내고 있었다.

하나하나에 담긴 위력이 모두 상상을 초월했다.

태극혜검.

오의.

태극류하(太極流河).

그러나 폭주한 현학도장의 힘도 그에 못지않았다.

스아아!

좌아아!

자신에게 쏟아지는 무수한 검초에 맞서 송문고검을 붓처럼 휘두르며 무수한 태극을 그리고 있었다.

허공에 역(逆)의 모양으로 뒤집어진 태극의 문양이 발현될 때마다 유일랑의 검초가 흔적도 없이 무(無)로 회귀되었다.

태극혜검의 구성(九成)에 도달하여야만 발현이 가능하다는 태극류하를 완벽히 펼쳐 보이고 있었다.

그야말로 한계를 벗어난 초인(超人) 간의 공방이었다.

수많은 이들이 전쟁 중이라는 것도 잊고 넋을 놓고 바라볼 정도였다.

"아아."

하지만 그들의 공방을 바라보는 태일의 감상은 달랐다.

스승이 펼치는 마(魔)에 물든 태극혜검을 보는 순간.

태일은 깨달았다.

－어찌 이리 아둔한 것이냐. 뽐내기 위한 무(武)보다 살리기 위한 도(道)를 먼저 살펴야만 진정한 검을 이룰 수 있는 것이다.

－무당의 검은 언제나 아래로부터 위를 향해야 하는 법이니라. 어서 검을 내려놓고 양민들을 돕거라.

'……껍데기만 남았을 뿐, 저것은 스승님이 아니다.'

저것은 자신을 비롯한 모두의 귀감이 되었던 스승의 검이 아니었다.

마기에 물들어 부드러움은 사라지고 살의(殺意)와 패기(覇氣)만이 남은 검.

'……스스로 깨달으라는 것이었군요.'

이어 태일은 유일랑이 왜 자신을 전장에서 이탈시키지 않고 등 뒤로 던졌는지 깨달았다.

직접 보고 눈앞의 상대가 자신의 스승이 아니라는 것을 스스로 깨달으라는 뜻이었으리라.

스르릉!

촤아아!

태일의 전신에서 태극신공의 기운이 파도처럼 높이 차올랐다.

"……스승님, 제 손으로 다시금 편히 잠들 수 있게 해 드리겠습니다."

파바밧!

타닷!

의념을 세운 두 눈에서 강렬한 선기(仙氣)를 내뿜으며 태일이 유일랑과 현학도장이 싸우고 있는 한복판으로 진입했다.

본래 자신의 경지를 현저히 뛰어넘는 고수의 공방에 뛰어드는 것은 자살행위나 다름없었다.

하지만 태일은 조금의 망설임도 없이 권역에 몸을 던졌다.

쐐애액!

콰가가가!

아니나 다를까 유일랑의 사혈을 노리던 현학도장의 검 끝이 태일을 향했다.

역태극이 허공에 새겨지며 잔혹한 칼날이 자신의 제자를

도려내려 하던 찰나.

파바밧!

촤라라라!

태일이 몸을 핑그르르 회전시키며 진정한 태극을 펼쳐 내며 공격에 맞섰다.

천유 태극혜검.

6초.

무상태극(無狀太極).

역태극과 태극이 맞부딪쳤다. 유일랑과 마찬가지로 거대한 충격파가 발생하며 주위를 휩쓸었다.

하지만 결과는 빠르게 나타났다.

촤아아!

태일의 천유 태극혜검이 스쳐 지나가자 역태극은 모두 흩어지는 안개처럼 형상이 사라졌다.

태일이 현학도장의 검의 근본을 점하고 파훼시켜 버린 것이었다.

자신의 검이 무위로 돌아가자 당황한 현학 도장의 틈을 놓치지 않고 태일의 송문고검이 살아있는 뱀처럼 움직이며 파고들었다.

파앗!

서거걱!

─……!

잘린 현학도장의 왼팔이 허공으로 높이 날았다가 땅에 떨어졌다.

무위는 뒤떨어졌으나 동종의 검법의 이해도에서 압도했기에 만들어 낸 결과였다.

진정한 의미의 청출어람(靑出於藍)이었다.

현학도장의 안광이 살기로 들끓었다.

"후욱, 후……."

하지만 한 수를 선보였지만 태일의 상태는 온전치 못했다.

계속 이어진 전투로 인해 내기의 부족이 극심했던 것이다.

하지만 태일은 여기서 멈출 생각 따위는 없었다.

'스승님을 편히 보내 드릴 수 있다면…….'

우우웅!

태일이 이곳을 자신의 최후의 전장으로 삼으리라 다짐하며 잠들어 있던 선천진기를 깨우려던 순간.

처척.

"……!"

태일의 의지를 알아차린 유일랑이 어느새 다가와 그의 손을 붙들었다.

그러자 선천진기의 태동이 완전히 멈추었다.

순식간에 내부의 통제권을 가져간 유일랑은 허튼짓은 하

지 못하도록 봉인하고, 이어 다른 방식으로 도움을 주었다.

스아아!

콰가가!

순간 양쪽의 귀가 뻥 뚫리며 해일이 몰려드는 듯한 청량한 소리가 들려오기 시작했다.

'……설마, 이건?'

그와 동시에 유일랑의 순마기가 태일에게 쏟아져 들어오기 시작했다.

순식간에 그의 혈도와 전신 세맥에 흐르기 시작한 순마기는 태일이 소진한 본래의 내공량보다도 훨씬 많은 양이었다.

파바밧!

두 사람의 행동에서 본능적으로 위험을 감지한 현학도장이 전광석화처럼 달려들었지만.

콰가!

카가강!

유일랑이 미리 펼쳐 놓은 뇌전과 불꽃으로 이루어진 염뢰벽에 가로막혔다.

남은 한 팔로 열심히 검을 휘두르고 있었지만 염뢰벽은 조금의 손상도 생기지 않았다.

스아아!

유일랑의 의지가 깃든 순마기는 조용히 태일의 순수한 내기를 도와주는 데에만 치중했다.

정(正)과 마(魔)의 기운이 자신의 내부에서 온전히 힘을 합치는 과정을 천천히 관조하는 태일은 깨달음을 얻고 있었다.

'아아, 이것이 진정한 태극이니.'

유신운의 가르침과 조화신기의 힘으로 화경의 벽을 넘고, 유일랑의 도움으로 현경의 초입을 바라보고 있었다.

스아아아!

촤아아!

기운이 완벽히 자리 잡은 태일이 서서히 눈을 떴다.

유일랑과 태일은 어떠한 말도 나누지 않고 천천히 자신의 검을 들어 올렸다.

우우웅!

촤아아!

두 사람의 검에서 선명한 검강이 제 모습을 발현시키고 있었다.

콰가강!

때마침 염뢰벽이 현학도장의 검에 무너져 내렸다.

"그아아!"

짐승의 소리를 내며 현학도장이 역태극을 그리며 두 사람에게 자신의 최강의 검초를 펼쳐 보였다.

파바밧!

촤아아!

이미 완성된 영역을 향해 유일랑과 태일이 동시에 진각을 박차며 나아갔다.

칠흑(漆黑)과 순백(純白)의 섬광이 뒤섞이며 사방에 신묘한 광채를 흩뿌렸다.

지금 이 순간, 전대 천마(天魔)와 차기 무당파의 검선(劍仙)의 합공이 이루어지고 있었다.

태일이 천유 태극혜검의 모든 깨달음을 담아 횡(橫)으로 검격을 쏟아 냈다.

유일랑이 천마신공을 극성으로 펼치며 번개가 내리꽂히듯 종(縱)으로 검초를 펼쳤다.

십자로 교차한 두 사람의 검이 경천동지한 기운이 휘몰아쳤다.

좌아아!

스아아!

현학도장이 펼쳐 낸 역태극이 두 사람의 검에 닿자 흔적도 없이 사라지고 있었다.

"……!"

현학도장은 자신의 최후를 직감하고 본능적으로 검을 더 휘두르려 했지만.

파스스!

한계에 도달한 육신의 균열이 온몸으로 퍼지며 아무런 움직임도 취하지 못했고.

콰가가가!

콰르르!

하늘이 무너져 내리는 듯한 거대한 뇌성벽력과 함께 정마
(正魔)의 합공에 적중당한 현학도장의 육신은 먼지가 되어 사
라지고 있었다.

~

하남성 낙양.

정파 무림의 성도(聖都)로 이름 높았던 도시에 여태까지 본
적 없던 전운이 감돌고 있었다.

낙양의 중심에 세워진 10장 높이의 성벽 위에 전의를 불태
우고 있는 수천의 무인들이 있었다.

성벽의 안, 이전에는 무림맹성으로 불렸던 정검맹성을 지
키기 위한 병력들이었다.

그들은 명백한 살의를 불태우며 그들과 마주하고 있는 적
들을 노려보고 있었다.

백운(白雲)의 깃발을 펄럭이며 도진우가 이끄는 병력이 어
느새 낙양에 당도하여 있었다.

그야말로 상식을 벗어났다는 말밖에는 표현할 수 없는 진
군 속도였다.

아직 신의와 귀면랑이 이끄는 다른 두 진영의 병력은 합류
하지도 않은 상태였다.

이 모든 일을 가능케 한 것은 유일랑 덕분이었다.

현학도장을 해치운 유일랑은 전장의 최전선을 떠나지 않았다.

그는 지휘관을 잃고 혼란에 빠진 화산파의 장로들을 모조리 베었으며, 홀로 화산파에 쳐들어가 모든 전각을 불태워 버렸다.

유일랑의 거침없는 돌격에 하남성까지 겹겹이 쳐져 있던 정검맹의 방어 전력은 제대로 된 반격 한 번 해 보지 못하고 박살이 나며 쫓겨났다.

파죽지세로 돌파에 성공한 백운세가 진영의 사기는 그야말로 하늘을 찌를 것 같았지만, 도진우의 표정은 그리 밝지만은 않았다.

지휘부가 모두 모여 있는 막사 안에서 노대웅이 걱정 어린 목소리로 말을 꺼냈다.

"……뭔가 이상합니다. 전쟁의 초반에는 그렇게나 전장을 뒤흔들던 담천군이 왜 갑자기 종적을 감춘 것일까요."

노대웅의 말에 도진우가 대답 없이 침음을 삼켰다.

지금 도진우가 적극적으로 공성을 하지 않고 전황을 살피는 이유가 거기에 있었다.

정검맹의 맹주이자 명실상부한 강호의 일인자였던 검황 담천군이 언젠가부터 모습을 감추었기 때문이었다.

'가주님께서 놈의 의중을 알기 전까지는 만전을 기하라 하

섰다. 섣불리 공략하려 했다가는 큰 낭패를 볼 수 있어.'

도진우가 생각에 잠기자 곁에 있던 태일이 조심스레 말을 꺼냈다.

"하오문의 정보에 따르면 정검맹에서 조용히 빠져나온 이들이 황궁에서 모습을 보였다고 합니다만……."

"불안하군요. 황궁에서 그자가 도대체 무엇을 취한 것일지……."

노대웅이 깊은 한숨을 내쉬며 말했다.

"조금만 더 기다려 봅시다. 곧 가주님이 도착하시면 분명히 판세는 우리 쪽으로……."

가라앉은 분위기를 살피던 도진우가 입을 열던 그때였다.

둥둥! 둥둥!

와아아!

갑자기 막사의 바깥에서 전고 소리가 시끄럽게 울려 퍼지기 시작했다.

순간, 세 사람의 표정이 차갑게 굳었다.

'담천군이 나타났다!'

다름 아닌 이 전고 소리는 적장이 나타났음을 알리는 북소리였기 때문이었다.

모두가 다급히 막사 바깥으로 나갔다.

그러자 굳게 닫혀 있던 성문이 열리고 그 안에서 일단의 무리가 모습을 드러내어 있었다.

백색의 무복을 입고 있는 정검맹의 맹주 직속친위대 정검위(正劍衛)와 흑의와 복면으로 얼굴을 감추고 있는 의문의 존재들.

흑의로 모습을 감추고 있는 이들을 지켜보던 도진우와 태일의 얼굴이 싸늘하게 굳었다.

'불가(佛家)의 기운이 느껴진다.'

'사부님이 이용당한 것을 떠올려 보면······.'

그들은 생기(生氣)가 느껴지지 않는 흑의인들의 정체를 쉽게 알아차릴 수 있었다.

소림사의 수호자인 사대금강(四大金剛)과 십팔나한(十八羅漢) 그리고 육망선사이리라.

두 사람이 참담함에 침음을 흘리던 그때.

열린 성문에서 마지막으로 한 사내가 압도적인 존재감을 내뿜으며 등장하고 있었다.

스아아아!

콰가가!

"흐읍!"

"크윽!"

눈을 마주치는 것만으로도 내기를 진탕시키게 하는 압도적인 기운을 내뿜고 있는 정검맹의 맹주 담천군이었다.

무림맹 시절 언제나 온화하고 따스했던 담천군의 눈빛은, 이제 조금의 감정도 느껴지지 않는 냉혹함만이 남아 있었다.

수천의 병력이 든 칼날의 끝이 자신을 향하고 있었건만, 담천군에게서는 조금의 두려움도 느껴지지 않고 있었다.

스르릉!

담천군이 조용히 자신의 애검, 총운신검을 뽑아 들었다.

우우웅!

스아아아!

검을 뽑은 순간 거친 파도처럼 담천군의 내기가 주위를 뒤덮기 시작했다.

총운신검에서 쏟아지는 내기는 모두의 심장을 미친 듯이 뛰게 만들었다.

그 어떤 무구도 닿을 수 없는 지고의 성검(聖劍)이라 불렸던 총운신검에서 오로지 적들을 죽이기 위한 지독한 살기가 쏟아지고 있었다.

"크윽!"

"쿨럭!"

백운세가 진영의 무위가 떨어지는 무사들이 신음을 쏟아냈다.

피를 토하는 이도 있었다.

그 순간, 유일랑이 자신의 검을 지면에 가볍게 내리찍었다.

처척!

쿠웅! 우웅!

유일랑에게서 뿜어져 나간 기파가 백운세가 진영에 퍼지자, 힘겨워하던 무인들은 자신을 괴롭히던 미지의 힘이 사라진 것을 느꼈다.

그 모습을 지켜보던 담천군의 눈에 이채가 깃들었다.

'유신운 말고도 한 놈 더 있었군.'

하지만 담천군은 그 정도의 반응이 끝이었다.

그는 상대의 저력이 자신의 기운에 저항하는 그 정도가 끝이라고 판단했다.

새로운 경지에 오른 자신에게 어떠한 적도 이길 수 없다 생각하고 있었던 것이다.

담천군은 한 발 앞으로 나서며 닫혀 있던 입을 열었다.

"역도들은 들으라."

담천군은 나직하게 말을 꺼내고 있었지만, 도진우를 비롯한 모두가 귀를 보호하기 위해 내기를 집중시켰다.

담천군의 목소리에는 사자후를 넘어선 파괴력이 담겨 있었기 때문이었다.

"가짜 황제를 옹립하는 것도 모자라 수괴 유신운의 사적인 이득을 위해 양민들을 학살하는 등 온갖 악행을 자행한 죄, 오늘 네놈들의 죽음으로 씻게 만들겠다."

"지금 네놈들의 죄를 누구에게 뒤집어씌우려는 것이더냐! 하늘이 무섭지 않느냐, 담천군!"

담천군의 허무맹랑한 말에 도진우가 이를 갈며 소리쳤다.

그러자 담천군은 한쪽 입꼬리를 말아 올리며 비릿하게 웃어보였다.

"명백한 증거가 있는데도 그리 발뺌을 하려 하다니 간악하기 이를 데 없구나."

"……증거?"

도진우는 느닷없는 증거 타령에 의문을 감출 수 없었다.

담천군이 눈짓을 보내자 정검위 중 한 명이 성벽 안으로 이동했다.

'대체 무슨 짓을 하려는 것이냐!'

도진우가 담천군을 노려보며 심중을 파악하려던 찰나, 성벽 안에서 점차 흐느끼는 소리가 들려오고 있었다.

"흐흑! 사, 살려 주십시오."

"으으, 제발 이걸 풀어 줘!"

"……!"

"저게 무슨!"

정검위와 무사들의 인도에 이끌려 나온 것은 다름 아닌 낙양의 양민들이었다.

백 명이 넘는 양민들이 눈이 가려진 채, 두려움에 몸을 떨며 끌려 나오고 있었다.

-부가주님!

-저들의 몸에 달린 것들은 분명……!

태일과 노대웅이 경악하며 도진우에게 전음을 보내왔다.

'어찌 사람의 탈을 쓰고 저런 짓을……!'

치이익!

탄내가 진동을 하고 있었다.

양민들의 발끝에서 긴 도화선이 아주 조금씩 타들어 가고 있었다.

그랬다.

양민들의 두려움의 원인은 바로 그들의 몸에 주렁주렁 달려 있는 폭벽탄에 있었다.

도진우는 그제야 담천군이 황궁에 갔던 것이 황실이 압수해 놓은 폭벽탄을 가져오기 위함임을 깨달았다.

"이놈! 하늘이 무섭지 않느냐! 죄 없는 양민들에게 무슨 짓을 하는 것이냐!"

"허, 너희들이 성벽을 무너뜨리기 위해 이들을 몰래 잠입을 시킨 것을 모를 줄 알았더냐?"

되려 큰소리를 치는 담천군에 도진우가 할 말을 잃었다.

그 모습을 보며 섬뜩한 미소를 지은 담천군이 말을 이어 나갔다.

"어떤 노력에도 도화선이 꺼지지 않아 우리로서는 이들을 구원할 방법이 요원하니 참담함을 숨길 수 없구나."

'……설마!'

도진우가 담천군의 의도를 파악한 순간.

"인륜에 어긋나는 행동을 할 수 없기에 너희들에게 양민들을 돌려보내겠다. 부디 이들에게 행한 끔찍한 악행을 해결해 주길 바란다."

담천군이 양민들을 풀어 주더니 줄줄이 백운세가의 진영 쪽으로 밀어 넣기 시작했다.

"제, 제발 살려 주시오!"

"우리를 구해 주시오!"

폭벽탄을 몸에 두른 양민들이 백운세가 진영으로 걸어가 며 비명을 질렀다.

백운세가 진영의 무사들이 그들의 발끝에서 타들어 가는 도화선을 보며 어찌할 바를 모르고 있었다.

저들을 당장이라도 도와주고 싶었지만 그러다가 폭벽탄이 터지면 죽음을 피할 수 없었기 때문이었다.

혼란에 빠진 깃은 도진우를 포함한 지휘부도 마찬가지였 다.

ㅡ부가주, 저들을 받아 주어선 안 됩니다. 우리 측 군영에 도 착하는 순간 모두가 폭발을 일으킬 겁니다. 저렇게나 많은 폭 벽탄이 동시에 터지면 모든 부대가 흔적도 남지 않고 사라질 겁니다!

노대웅이 먼저 말을 꺼내자 태일이 반론을 제시했다.

ㅡ양민들의 목숨을 그냥 희생시키자는 말씀이십니까? 부가 주, 저들은 담천군에게 이용당했을 뿐입니다! 이렇게 고민할 시 간에 빨리 저들에게 가서 폭벽탄을 분리하는 것이 맞습니다!

-저들의 안타까움을 모르는 바가 아니나 저들을 구하기 위해 모두가 죽을 수는 없지 않습니까!

갑론을박이 이어졌다. 모두의 말이 타당했기에 쉽사리 결론이 나지를 않았다.

하지만 그 사이에도 양민들은 고통에 찬 신음을 흘리며 그들에게 다가오고 있었다.

혼란에 빠진 백운세가의 진영을 보며 담천군이 속으로 비웃음을 흘렸다.

'클클, 정파란 가면을 쓴 네놈들이 이 계책을 해결할 수 있을 리 없지.'

담천군은 대폭발의 사정권에 서서히 근접해 가고 있는 양민들을 보며 정검위의 무사들에게 명령을 하달했다.

-연쇄 폭발로 적들이 혼란에 빠지면 즉시 전군 돌격해 적들을 참살한다.

-존명!

그렇게 정검맹의 무사들이 학살을 준비하던 찰나.

-……이대로 저들을 버릴 수는 없습니다. 소수의 구조대를 접근시켜 폭벽탄을 해체한 다음 양민들을 구출하도록 하겠습니다.

도진우가 양민들을 구출하기로 결정을 내렸다.

-부가주!

-……가주님이라면 이렇게 결정하셨을 겁니다.

-……!

만류하던 노대웅이 도진우의 말에 더 이상 아무런 말도 꺼내지 못했다.

"양민들을 구출하라!"

파바밧!

곧이어 도진우가 먼저 양민에게 다가가자 그를 쫓아 다른 무사들도 이동하기 시작했다.

구조대가 양민들을 향해 빠르게 접근해 가자 담천군이 자신의 오른 팔에 장착되어 있는 묵빛의 수투를 어루만졌다.

'멍청한 놈! 가까이 오는 순간 네놈부터 재로 만들어 주마!'

사실 타들어 가고 있는 도화선은 보여 주기 식으로 만들어 놓은 것에 불과했다.

직접적인 폭발을 일으키는 것은 그의 수투 형태의 보패였다.

담천군이 기회를 노리던 찰나.

"사, 살려 주시오!"

"이제 괜찮소. 조금만 기다리시오."

도진우가 가장 먼저 양민에게 당도했다.

그 모습을 본 담천군이 수투에 기운을 불어 넣었다.

'죽어랏!'

우우웅!

우웅!

수투에서 오염된 마나가 미친 듯이 폭주했다.

'이건······!'

도화선을 향해 검을 내리치던 도진우의 안색이 하얗게 질렸다.

양민들의 몸에 묶여 있던 폭벽탄이 폭발하려는 것을 뒤늦게 알아차린 것이다.

한데 그때였다.

파아앗!

파밧!

전장에 벼락이 내리꽂히듯 수십 줄기의 섬광이 번뜩였다.

도진우가 자신의 인지를 벗어난 속도에 두 눈만 끔뻑였다.

'무슨?'

담천군이 당황한 표정을 숨기지 못했다.

그만이 흐릿하게나마 섬광 속에서 인형(人形)을 확인한 것 같았다.

'······!'

담천군이 뒤늦게 양민들을 확인하자 지진이라도 난 듯이 동공이 흔들렸다.

그들의 몸에 달려 있던 폭벽탄들이 흔적도 없이 사라져 있었다.

그리고 당황한 도진우의 곁에.

"궁지에 몰리긴 했나 봐? 이딴 짓거리로 이기려 하다니."

양민들의 몸에서 해체한 폭벽탄을 모두 간이 아공간에 이동시켜 버린 유신운이 모습을 드러내어 있었다.

❦

유신운의 갑작스러운 등장은 양측 군영에 완전히 다른 반응을 불러일으켰다.

"와아아! 가주님이 도착하셨다!"

"하하, 이제 네놈들은 끝장이다!"

백운세가 진영의 무사들은 미친 듯한 환호와 함성을 쏟아 내었고.

"저놈이 어떻게 여기에……!"

"……폭벽탄은 어디로 간 거지?"

"무슨? 갑자기 사라졌다고?"

정검맹의 무사들은 당혹감과 초조함이 깃든 표정으로 연신 서로를 바라보고 있었던 것이다.

'……유신운!'

한편, 담천군의 얼음장처럼 차가운 눈빛이 유신운을 향하고 있었다.

상식적으로 절대로 도달할 수 없는 엄청난 거리를 단축시킨 예상 밖의 등장이었다.

서릿발 같은 담천군의 기세가 유신운에게 향하고 있었지

만, 유신운은 가볍게 흘려 버리며 아직까지 정신을 못 차리고 있는 양민들에게로 다가가고 있었다.

"이제 괜찮으니 안심하십시오."

"흐윽, 감사합니다, 감사합니다."

구원받은 양민들은 눈물과 콧물이 범벅이 된 채 유신운에게 감사를 표했다.

"어서 양민들을 아군 진영으로 데려와라!"

"예!"

도진우가 급히 수하들에게 명을 내려 양민들을 자신들의 진영으로 이동시켰다.

안전지대까지 이동한 것을 확인한 유신운이 다시금 담천군을 바라보며 말을 꺼냈다.

"어때, 마지막 발버둥이 허무하게 돌아간 소감은?"

"……"

하지만 담천군은 유신운의 도발에 쉬이 넘어가지 않았다.

'최대한 힘을 숨기려 기운을 갈무리하고 있지만, 역시 저놈도 생사경의 초입에 이르렀군.'

검황이라는 이름은 결코 허명이 아니었다.

담천군은 이런 상황에서도 최대한 이성적으로 상황을 판단하고 있었다.

스아아!

촤아아아!

폭발적으로 치솟아 오른 담천군의 내기가 신체의 벽을 뚫고 광활하게 펼쳐졌다.

그의 기운이 주변을 훑고 지나가며 적의 지원군이 얼마나 더 도착했는지 살폈다.

곧이어 담천군의 표정에 사이한 웃음이 피어올랐다.

'어떤 사술을 썼는지는 모르나 이곳에 도착한 것은 오로지 저놈 하나뿐이로군.'

기운으로 시야의 너머까지 샅샅이 살폈지만, 추가 병력은 단 한 명도 없었다.

그렇다면 아까부터 쏟아 내는 도발은 허장성세에 지나지 않는다는 뜻이리라.

우우웅!

우웅!

그러던 그때, 담천군의 총운신검이 사이하기 그지없는 빛을 발하며 공명음을 쏟아 내기 시작했다.

파도처럼 흘러넘친 담천군의 기운이 백운세가 진영의 무사들에게 쏟아졌다.

그러자 절정의 무사들도 감당하기 어려운 기운에 곳곳에서 신음과 비명이 터져 나왔다.

"크, 크윽!"

"……저것이 검황의 힘인가!"

유신운의 등장으로 차올랐던 사기가 빠르게 식고 있었다.

적들이 고통에 찬 신음을 쏟아 내는 모습을 바라보며 비소를 흘리는 담천군이 유신운에게 의기양양하게 말을 꺼냈다.

"우습구나. 네놈 따위가 홀로 전황을 바꿀 수 있으리라 생각했더냐?"

하지만 유신운의 대답은 담천군의 예상과 전혀 달랐다.

"응? 혼자라니?"

"……뭐?"

혼자가 아니라는 유신운의 말에 담천군이 의아한 표정을 짓던 그때.

그늘져 있던 유신운의 그림자가 호수에 생겨난 파문처럼 물결치기 시작했다.

쐐애액!

휘이익!

그와 동시에 그림자 속에서 느닷없이 정체를 알 수 없는 인형(人形)이 불쑥 튀어나왔다.

담천군을 향해 전광석화처럼 쏘아지는 존재는 결코 무위가 녹록치 않았다.

'완성에 가까운 이형환위다. 대체 누구지?'

곧바로 방어 태세를 갖추며 담천군이 의문의 존재에게 총운신검을 휘둘렀다.

촤라라!

파아앗!

담천군의 검로를 따라 허공에 매화가 펼쳐지기 시작했다.

진정으로 더 나아갈 곳이 없는 극상의 경지에 도달한 매화 검법이었다.

"아아!"

"저건!"

정검맹 무사들의 탄성이 쏟아졌다.

하지만 그 탄성 세례를 뚫고.

"이 모가지를 비틀어도 시원찮을 놈이, 감히 내 작품들로 학살을 벌이려 해?"

미지의 존재가 쏟아 낸 걸쭉한 욕지거리가 울려 퍼지고 있었다.

'저자는!'

상대의 정체를 알아차린 담천군이 당황하는 그때.

쐐애액!

휘이익!

폭벽자가 손가락 사이에 꽂아 넣고 있던 초소형 폭벽탄 수십 알이 담천군을 향해 날아들었다.

'이런!'

담천군은 급히 검을 회수하려 했지만, 이미 그가 펼친 매화들에 폭벽탄이 맞닿고 있었다.

콰르르르!

콰아아앙!

다음 순간, 담천군의 코앞에서 천둥이 내리꽂힌 것과 같은 거대한 폭발이 연쇄적으로 발생했다.

지근거리에서 발생한 대폭발은 호신강기도 파괴할 정도로 강력했다.

"이, 이런!"

"매, 맹주님!"

정검맹의 무사들이 하늘 높이 치솟은 검은 연기를 보고 어찌할 바를 모른 채 당혹스러워하고 있었다.

하지만 그들의 걱정과 달리 연기가 걷히자 담천군은 조금의 피해도 입지 않은 채, 굳건히 자리에 서 있었다.

담천군을 확인한 백운세가의 무인들의 눈에 당혹감이 깃들고 있었다.

"뭐, 뭐야?"

"……저 사이한 힘은 대체?"

담천군의 전신에서 화산파 무공의 정순한 내기가 아닌 오염된 마나가 퍼져 나오고 있었기 때문이었다.

"저, 저게?"

"맹주님, 이게 대체 무슨 일입니까?"

혈교에 포섭된 것이 아닌 검황 담천군의 허상을 따르고 있던 정검맹의 무인들 또한 충격에 휩싸여 말을 잇지 못하고 있었다.

"……이 노괴(老怪)가!"

졸지에 자신의 힘을 모두 드러내게 된 담천군이 폭벽자를 보며 이를 갈았다.

그러던 그때, 유신운이 폭벽자의 곁으로 걸어 나오며 담천군에게 말을 건넸다.

"그게 네놈이 혈교주에게 받은 힘인가 보지?"

유신운은 담천군의 전신에서 살아 있는 생명체처럼 꿈틀거리는 거대한 기운을 보며 단번에 근원이 되는 몬스터의 정체를 알아차렸다.

'결국 8재앙의 마지막이 나타났군.'

현대의 역사 속에 새겨진 여덟 재앙 중 가장 강력했던 존재.

처음이자 마지막으로 랭크 규격을 벗어나 신(神)급으로 측정된 몬스터.

전 세계의 모든 헌터들이 달려들어 싸운 결과 겨우 봉인에 성공한 파괴와 죽음의 신.

흉신(凶神), 체르노보그.

생사경에 올라 그 괴물의 힘을 완전히 지배하고 있는 지금의 담천군은 그야말로 신의 힘을 빌린 악마의 현신과 같았다.

"혀, 혈교주?"

"맹주님이 혈교와 손을 잡았다고?"

유신운이 내뱉은 말의 여파는 거대했다.

정검맹의 군세 속에서 탄식과 분노 섞인 목소리가 빠르게 부풀어 오르고 있었다.

혈교에 넘어가지 않은 채 끝까지 검황 담천군을 믿었던 무인들이 아무리 보아도 악(惡) 그 자체의 힘을 쏟아 내고 있는 담천군의 모습에 현실을 깨닫고 있었던 것이다.

"맹주! 어서 말해 보시오! 저자의 말이 사실이오!"

"그동안 우리를 속인 것이외까!"

흑막이라고 밖에는 생각되지 않는 담천군의 모습은 치명적인 결과로 거듭나고 있었다.

자신에게 반항하는 무인들을 무심히 지켜보던 담천군이 호위무사들을 향해 조용히 뇌까렸다.

"쓸모없는 벌레들을 모두 제거하라."

파앗!

파바밧!

담천군의 말이 끝남과 동시에 정검위와 흑의 복면인들이 쏜살같이 아군 진영으로 달려들었다.

"무, 무슨?"

"크억!"

서거걱!

촤아악!

그러곤 진상을 밝히라 소리치던 무인들을 일말의 망설임도 없이 베어넘기기 시작했다.

"혈신강림(血神降臨)!"

"혈신멸세(血神滅世)!"

주변에 있던 혈교의 무사들 또한 자신들의 정체를 드러내며 배신의 염려가 있는 무인들을 모조리 숨통을 끊어 버리고 있었다.

갑작스레 상대편에 발생한 자중지란에 백운세가의 무인들은 당황했다.

하지만 그들은 안타까움에도 어떠한 도움도 줄 수 없었다.

굳건히 세워진 성벽 때문이었다.

그들은 현실을 똑바로 보지 못하고 잘못된 선택을 한 옛 동료들의 최후를 안타깝게 바라볼 뿐이었다.

그 순간, 유신운이 폭벽자에게 슬며시 다가가 속삭였다.

"선배님, 이제 제 말을 믿으시겠습니까."

"흥, 거짓말을 하진 않았구나."

"자, 그럼 약속하셨던 선물을 기대해도 되겠습니까?"

상황에 어울리지 않게 악동 같은 미소를 짓는 유신운을 보며 폭벽자가 저도 모르게 헛웃음이 나올 뻔하는 것을 참았다.

그리고 그의 머릿속으로 이곳에 도착하기 전 유신운과 만나 나눴던 대화가 스쳐 지나갔다.

-흥, 적들을 해치우기 위해 폭벽탄을 달라는 소리를 할

거라면 썩 꺼지…….

−폭벽탄으로 사람을 해할 일은 없을 겁니다.

−으, 응?

−적들을 섬멸할 화력은 저 하나로 충분하니까요.

−그, 그러냐?

−그저 저는 담천군이 선배님의 작품을 악용하고 있다는 것을 증명시켜 드리려는 것뿐입니다. 그런데 만일 현장에서 직접 목격하신다면…….

−……목격한다면?

−후배의 도움에 대한 가벼운 답례 하나만 해 주십시오.

지금까지 만났던 강호의 권력자들처럼 자신은 다르다고 말하며 폭벽탄으로 적들을 날려 버려 달라 부탁할 줄 알았던 유신운은 전혀 다른 부탁을 했다.

그리고 그 부탁의 내용은 정말로 그가 스스로 세운 불살(不殺)의 규칙에서 어긋나지 않는 것이었다.

'그래, 어디 네놈 뜻대로 세상을 바꿔 봐라.'

유신운을 지그시 바라보던 폭벽자가 이내 결정을 내리고는 대답했다.

"오냐, 제대로 된 폭발을 보여 주마!"

"좋습니다!"

파바밧!

촤아아!

유신운과 폭벽자가 동시에 담천군을 향해 달려들었다.

"적이 온다!"

"쏴라!"

가공할 기세로 날아드는 두 사람을 보며 성벽 위에서 무수한 화살비가 쏟아져 내렸다.

하늘에 구멍이 뚫린 듯한 폭우(暴雨)가 내리꽂혔다.

스아아!

어느새, 유신운의 손에 융독겸이 들려 있었다.

유신운이 진각을 박차며 허공으로 뛰어올라 융독겸을 양손으로 맹렬히 회전시키기 시작했다.

부우웅!

우웅!

흉험하기 이를 데 없는 암녹색(暗綠色)의 기운이 독풍(毒風)으로 발현되었다.

치이익!

치이이!

내기를 담고 있던 수많은 화살들이 독풍의 권역에 들어선 순간, 흔적도 없이 녹아내렸다.

그동안 융독겸에 봉인시켰던 수많은 맹독들이 하나로 합쳐지며 미쳐 날뛰고 있었다.

유신운이 길을 터 주자 폭벽자는 조금의 망설임도 없이 담천군에게 달려들었다.

다시 한 번 손가락 사이에 초소형 폭벽탄들을 채운 폭벽자는 당장이라도 담천군에게 투척하려 했다.

그 모습을 보며 담천군이 어이가 없다는 듯 소리쳤다.

"한낱 화약으로 요행을 바라는구나!"

순간, 그의 전신에서 체르노보그의 기운과 매화신공의 내기가 하나로 합쳐지기 시작했다.

'두 놈을 모조리 죽인다!'

생사경(生死境) 초입에 올라선 담천군이 살기만을 담은 의념을 각인했다.

촤라라라!

촤아아!

그러자 그의 등 뒤의 허공에서 여섯 개에 달하는 심검(心劍)의 조각들이 떠올랐다.

무형의 칼날들에서 전장을 모조리 뒤덮는 파괴적인 기운이 흘러넘치고 있었다.

쐐애액!

파아앗!

그때, 폭벽자가 담천군을 향해 초소형 폭벽탄을 날렸다.

'와라!'

담천군은 폭발하기도 전에 없이 심검으로 폭벽탄들을 모조리 난자해 버릴 생각이었지만.

무림세가
전생랭커

스아악!

촤아악!

"......!"

날아간 그의 심검은 애꿎은 허공만을 갈라 버리고 있었다.

'또 사술을!'

폭벽자를 감쌌던 그림자가 이번에는 허공에 흩뿌려진 폭벽탄들을 휘감은 것이다.

그림자가 품은 초소형 폭벽탄들은 흔적도 남기지 않고 어딘가로 사라졌고.

다음 순간.

콰가가가!

콰아아앙!

천지가 무너져 내리는 것과 같은 거대한 폭음이 연이어 터지며.

"서, 성벽이!"

"무너진다!"

철벽의 상징인 정검맹의 모든 성벽이 와르르 무너져 내리고 있었다.

❦

무림맹으로 불리던 과거부터 오랜 세월동안 불침(不侵)의 상징이었던 정검맹의 성벽이 산산조각이 나며 무너져 내리고 있었다.

"콜록콜록!"

"이런……!"

흩날리는 먼지와 나뒹구는 성벽의 잔해 속에서 점차 모습을 비추는 혈교의 무사들이 표정에서 당혹감을 숨기지 못하고 있었다.

본래 수성(守城)하는 쪽이 공성(攻城)하는 쪽 보다 훨씬 더 많은 이점을 지니고 있기에, 마음 한편에 큰 안정감을 지니고 있었는데.

이로써 성벽처럼 그것이 완전히 무너져 내렸기 때문이었다.

침음을 삼키는 혈교 진영과 달리 백운세가의 무사들은 모두 쾌재를 부르고 있었다.

"이게 폭벽자……!"

"그야말로 압도적이다!"

두려움과 광기(狂氣)의 존재였던 폭벽자가 같은 편이라는 것이 얼마나 큰 든든함으로 다가오는지 몰랐다.

하지만 막상 주목의 대상인 폭벽자는 자신의 앞을 지켜 주고 있는 유신운의 등을 바라보며 많은 생각에 잠겨 있었다.

'……허, 정말로 해내 버렸군. 이놈 대체 정체가 뭐야?'

폭벽자의 머릿속으로 이곳에 당도하기 전 유신운과 나눴

던 대화가 더 떠올랐다.

　-정검맹의 성벽을 모두 무너뜨려 주십시오.
　-인정하고 싶지는 않지만, 그건 내가 가지고 있는 모든
폭벽탄을 동시에 터뜨린다고 해도 불가능할 거다.

폭벽자의 말은 사실이었다.
　성벽을 쌓으며 겹겹이 온갖 중원의 희귀한 광물을 덮어 놓
았기 때문에, 그 어떠한 외부의 충격으로는 성벽을 무너뜨릴
수 없었다.
　하지만 유신운은 폭벽자에게 웃으며 말을 이어 갔다.

　-그 광물들의 균형을 잡아 주는 성벽 내부의 중심에서
터뜨리면 가능하지 않겠습니까?
　-……그러면야 가능은 하겠지만, 신선도 아니고 뚫리지
않는 성벽 내부에 폭벽탄을 어떻게 넣는단 말이냐.
　-그건 저에게 맡겨 주십시오.

　사령술의 극한까지 올라선 유신운은 그림자를 다루는 능
력 또한 어느새 생명을 지니지 않은 물질은 그대로 통과할
수 있는 영역까지 도달하여 있었다.
　"하하, 하하하하!"

그러던 그때, 담천군이 갑자기 터뜨린 웃음소리가 주위를 울렸다.

"쿨럭!"

"크윽!"

웃음에도 거대한 내기가 담겨 있었기에, 백운세가의 무사들 중 기혈이 진탕되어 피를 토하는 이까지 나타날 정도였다.

쐐애액!

쿠우웅!

그 상황을 지켜보던 유신운이 용독겸으로 땅을 내리찍었다.

촤아아!

마치 호수에 파문이 이는 것처럼 용독겸에서 흘러나온 기운이 백운세가의 무사들을 휘감았다.

그때, 담천군이 광기 어린 목소리로 소리쳤다.

"무림에 이미 정의(正義)는 사라졌다! 세계의 모든 것을 지우고 새롭게 다시 시작하는 것 말고는 아무런 희망이 없다!"

"혈교천세!"

"혈신무적!"

담천군의 말을 들은 혈교의 무사들이 광신도처럼 자신의 무기를 높이 들어 올리며 소리쳤다.

단체로 광기에 물든 그 모습을 본 백운세가의 무사들은 섬뜩함을 느낄 수밖에 없었다.

스아아아!

체르노보그의 기운과 매화신공의 내기가 합쳐지며 만들어진 새로운 힘이 총운신검의 칼날 위에서 파도처럼 넘실거리고 있었다.

담천군은 검의 끝을 유신운에게 향했다.

생자(生者)의 기운을 소멸시키는 지독한 마기가 유신운에게 쏟아졌다.

"실적에 눈이 먼 무림맹의 무사들이 나의 부모에게 누명을 씌워 해한 그 순간부터 나는 복수를 다짐……!"

하나 담천군은 말을 끝까지 이어 가지 못했다.

준비식 조차 볼 수 없을 정도로 쾌속하게 던진 용독겸이 맹렬히 회전하며 그에게 날아들었기 때문이었다.

"크흡!"

담천군이 침음을 흘리며 다급히 몸을 날렸다.

예의 독기를 품은 용독겸은 그의 목 언저리를 아슬아슬하게 스치고 지나갔다.

"령주님!"

어느새 달려온 정검위와 흑의 무사들이 담천군을 둘러싸며 호위태세를 갖추었다.

그 순간, 유신운이 담천군을 한심하게 쳐다보며 말을 꺼냈다.

"네놈이 변절하게 된 구구절절한 이야기 따위는 집어치워라."

"……!"

"악을 벌하기 위해 죄 없는 이들을 해한 순간, 네놈도 똑같은 쓰레기가 된 거니까."

"네놈이 감히……!"

어떤 상황에서도 여유가 있던 담천군의 얼굴이 구겨지자, 유신운이 입꼬리를 비틀며 말했다.

"그래, 그 얼굴이야. 평생 연기해온 인자한 가면이 아닌 진실한 쓰레기의 얼굴."

"빠득! 놈을 죽여라!"

파바밧!

촤아아!

담천군이 소리치자 정검위와 흑의 무사들이 유신운에게 맹렬히 달려들었다.

순식간에 회피할 수 있는 모든 방위를 점한 적들이 유신운을 향해 폭우처럼 칼날을 쏟아 냈다.

최소 화경, 가장 높은 무위는 현경의 중급에 달하는 무인들이 자신의 목숨을 버릴 기세로 최후의 검격을 쏘아 냈다.

하지만 그 검격의 홍수에도 유신운은.

'우습군.'

두려움은커녕 우스울 따름이었다.

우우웅!

위이잉!

유신운의 손에 들려 있는 용독겸에 무형(無形)의 기운이 휘몰아치고 있었다.

유신운의 의념에 따라 심검 아니 심겸(心鎌)이 점차 삭월(朔月)의 형상으로 형태를 갖추기 시작하였다.

쿠웅!

파밧!

이어 유신운이 오른발로 거세게 진각을 박차며 몸을 날렸다.

승천하는 용(龍)의 모습 그대로 그 자리에서 하늘로 치솟은 유신운은 적들에게 용독겸을 휘둘렀다.

뇌운십이검 신운류 심겸식(心鎌式).

변초.

최종오의(最終奧義) 천라겁멸뢰(天羅怯滅雷).

콰르르르!

콰가가가가!

유신운의 용독겸이 수백…… 아니, 수천 번 동안 허공을 갈라냈다.

삭월의 심겸이 정검위와 흑의 무사들을 넘어 공간 자체를 몇천 갈래로 잘라 버리고 있었다.

갈라진 공간의 틈새에서 천뢰(天雷)가 모든 것을 불사를 기세로 타올랐다.

화르르륵!

콰가가가!

단 일 초의 겸식이었지만 정검위는 어떠한 반격도 하지 못했다.

"……!"

"……!"

단말마의 비명조차 내뱉지 못했다.

그들은 수없이 난자된 채, 싸늘한 시체가 되어 바닥을 나뒹굴었다.

그리고 그것은 흑의 무사들 또한 마찬가지였다.

"아아!"

"육망선사님……!"

"……아미타불."

정체를 가리고 있던 흑의가 뇌기에 타들어 가고 소림사의 수호자였던 사대금강(四大金剛)과 십팔나한(十八羅漢) 그리고 육망선사가 강시의 모습으로 드러났다.

화르륵!

'부디 안식을 찾으시길.'

뇌기에 그들이 재로 화해 가는 것을 보며 유신운이 짧게 생각했다.

번쩍!

그러던 그때, 섬광이 번뜩였다.

유신운은 기운의 파동을 느끼고 빠르게 한 발 뒤로 물러섰다.

콰르르르!

콰가가!

그러자 다음 순간, 유신운이 방금 전까지만 하더라도 서있던 자리에 거대한 폭발이 일어났다.

운석이 떨어진 듯 거대한 분화구 속에 담천군이 광기에 물든 눈빛을 쏘아 내고 있었다.

극에 이른 신법을 발휘한 담천군이 총운신검을 내리그은 것이었다.

촤아아!

이번에는 가볍게 몸을 피했던 유신운의 신형이 섬광으로 화했다.

생사경의 경지에 오른 두 초인의 검격이 서로를 향해 무차별적으로 쏟아졌다.

채채챙!

콰르르릉!

심검과 심겸의 격돌이 만들어 내는 거대한 충격파가 주위에 퍼부어졌다.

크아악!

끄아아!

하지만 쏟아지는 비명은 혈교의 진영뿐이었다.

공격에만 치중하고 있는 담천군과 달리 유신운은 반사되는 충격파마저 백운세가의 진영으로 향하지 않도록 조절까지 하고 있었던 탓이었다.

모든 충격파는 오롯이 혈교의 진영으로 향하고 있었다.

"이때다!"

"돌격하라!"

와아아!

혈교 진영의 혼란을 알아차린 도진우의 외침과 함께 백운세가의 무사들이 맹렬한 기세로 무너진 성벽 너머로 달려들기 시작했다.

"죽어라!"

"이 악적들!"

혈교의 무사들과 백운세가의 무사들이 뒤섞이며 진정한 전쟁의 모습이 펼쳐졌다.

"크악!"

"모두 물러서지 마라! 마신님께서 우리를 지키고 계신, 끄극!"

혈교 쪽이 압도적인 병력의 우위를 지니고 있음에도 사기의 차이로 곳곳의 전투에서 백운세가의 무사들이 승리를 거두고 있었다.

'이런!'

그 상황을 지켜보던 담천군이 미간을 찌푸렸다.

쐐애액!

"크윽!"

그 찰나의 순간, 파공성과 함께 유신운의 심검이 담천군의 눈가에 상처를 남겼다.

"어디서 한눈을 팔아."

담천군에게 생긴 빈틈을 놓치지 않는 유신운이었다.

유신운은 그대로 파상공세를 이어 갔다. 담천군도 이를 악물고 반격을 이어 나갔다.

유신운의 실력을 아무리 높게 봐야 자신과 동급이라고 생각했던 담천군은 인정하는 수밖에 없었다.

'……반 수 정도의 차이로 나보다 높은 경지에 들어서 있다.'

아주 작은 차이이지만 생사경에 대한 유신운의 깨달음은 자신을 넘어서고 있다는 것을.

점점 혈교의 진영 쪽에서 꺼져가는 생명의 기운이 늘어나자, 담천군은 고민이 깊어지고 있었다.

'계획대로라면 혈천(血天)의 순간까지 기다려야 하지만…….'

이대로 두었다가는 최악의 피해를 입는 것이 확실시되었다.

고민 끝에 결정을 지은 담천군이 유신운에게 살기 가득한 검풍을 쏘아 내며 거리를 벌리고는 소리쳤다.

"혈문(血門)을 개방해라!"

그는 대계의 마지막 방책을 사용하기로 결정했다.

담천군의 명을 들은 혈교 무사들의 얼굴에 승자의 환희가 퍼지고 있었다.

"혈문의 허락이 떨어졌다!"

"개방하라!"

후방에 있던 혈교의 무사들이 함성과 함께 분주하게 움직이기 시작했다.

"……무슨?"

무슨 일인지 모르는 백운세가의 무사들은 휘두르던 검도 회수하고 잠시 물러나 상황을 지켜보았다.

분명히 심상치 않은 일이 벌어지려 하고 있었다.

두두두두!

그그그!

그러던 그때, 마치 거대한 톱니바퀴가 맞물리는 듯한 커다란 소리가 주위에 퍼져 나갔다.

-크롸아아!

-그르르!

정검맹 내부에 위치한 전각 곳곳에서 인간의 것이 아닌 울음소리가 울려 퍼지기 시작했다.

무림세가
전생랭커

그와 동시에 백운세가의 무사들의 경지를 아득히 벗어난 기운들이 걷잡을 수 없는 속도로 늘어나던 그때.

콰아앙!

거대한 폭음과 함께 함께 전각들이 무너져 내리고.

"요, 요괴다!"

"물러나라! 강시다!"

피에 굶주린 요병대와 혈교가 지금껏 준비한 수천의 강시들이 동시에 모습을 드러내었다.

-크롸아아!

-캬아아!

소름끼치는 울음과 함께 요괴들이 쏟아 내는 끔찍한 요기가 주위를 빠르게 뒤덮고 있었다.

이전의 불완전한 요병대가 아닌 완성된 요괴들은 압도적인 강함을 지니고 있었다.

'급한 불은 껐다. 이제 이놈을 죽이기만 하면……!'

실시간으로 전세가 뒤바뀌는 것을 보며 담천군이 전의를 다시 세우던 그때.

"그게 네놈이 믿던 구석이냐?"

유신운이 비웃음이 가득한 목소리로 말했다.

"허장성세는 집어치워라. 네놈의 병력은 이제 한줌의 핏물로 돌아갈……."

"근데 말이야. 나도 시간은 충분히 끌었거든."

"그게 무슨……?"

휘익!

쐐애액!

그때, 유신운이 대답은 않고 별안간 자신이 들고 있던 융독겸을 하늘 높이 던졌다.

"……?"

한데 이상하게도 융독겸은 시간이 지나도 떨어져 내리지 않았다.

담천군이 의아해하며 고개를 들어 올렸다.

"……!"

스아아!

쿠르르릉!

눈치채지 못했건만 청명하던 하늘에 먹구름이 끼어 있었다. 뇌명(雷鳴)이 하늘을 진동시키고 있었다.

후우우!

스아아아!

두 줄기의 폭풍이 엄청난 속도로 이곳에 가까워 오고 있었다.

생사경에 오른 안력으로 폭풍의 중심에 있는 이들을 확인한 담천군의 표정이 빠르게 굳어 갔다.

"어라?"

"저건……?"

곧이어 담천군 외에 다른 이들 또한 하늘의 이상을 발견했
다.

그리고 다음 순간.

-쿠오오오!

-뀨우!

요괴의 것과는 비교도 되지 않는 하늘 전체가 뒤흔들리는
거대한 울음소리와 듣는 이들의 내기를 차분히 진정시키는
선기(仙氣)가 새겨진 울음소리가 동시에 전장에 쏟아졌다.

완성된 드래곤 피어와 신수의 공명음이었다.

지진이라도 난 듯 흔들리는 담천군의 눈동자가 향한 곳에
는.

본 드래곤을 타고 있는 귀면랑.

신수, 흑점이를 타고 있는 신의, 유의태가 자리하고 있었
다.

6장

유신운의 두 분신, 즉 귀면랑과 유의태의 등장에 양측 진영의 분위기는 말 그대로 천당과 지옥으로 바뀌어 있었다.

"낭인들의 왕, 귀면랑이 가주님과 함께한다!"

"신의의 가호가 우리와 함께하니 그 어떤 적도 감히 우리를 넘보지 못하리라!"

"신주삼황(神州三皇)이 한데 모였다! 이제 우리의 승리다!"

강호의 무인들과 호사가들이 세 사람을 새롭게 부르는 별호.

'신주삼황'의 연호가 청천맹의 진영에서 끝없이 이어지고 있었던 한편.

"……말도 안 돼."

"저, 저놈이 어떻게 은총의 힘을?"

"어떻게 선인(仙人)들만 따르는 신수가 한낱 인간 따위를……!"

본 드래곤과 흑점이가 쏟아 내는 기운에 혈교의 무사들의 눈동자에 속속들이 절망의 빛이 새겨지고 있었다.

그럴 만도 했다.

두 존재는 자신들이 지금까지 보았던 모든 은총의 힘으로 변신한 괴이들을 통틀어도 비교조차 할 수 없는 압도적인 위용을 자랑하고 있었으니까.

혈투가 벌어지던 전쟁이 잠시 멈출 정도의 파급력이었다.

그런 상황에 당혹감을 숨기지 못하는 것은 담천군 또한 마찬가지였다.

어떠한 공세도 펼친 것이 없이 그저 등장한 것만으로 전장의 판도를 바꾸는 존재감이라니.

게다가 자신을 향해 오만하기 그지없는 눈빛을 쏘아 내는 두 사람의 무위 또한 결코 가볍지 않았다.

'신의, 귀면랑, 유신운…… 세 명이 전부 생사경이라고……?'

귀면랑과 신의 또한 생사경에 올랐다는 증거로 자신이 칼날처럼 방출하고 있는 살의(殺意)의 의념을 가볍게 받아넘기고 있었다.

유신운도 상대하기 만만찮은데 그와 필적하는 존재가 두 사람이나 더 등장하다니…….

'저렇게 새파랗게 젊은 나이에 모두가 인외의 경지에 올랐다고? 마신의 힘조차 빌리지 않고?'

과거부터 지금까지 세상 사람들이 담천군의 천재성을 경외(敬畏)의 시선으로 바라보았던 것처럼.

담천군은 찰나의 순간이나마 저도 모르게 유신운과 두 사람이 적이라는 사실조차 잠시 잊고 놀라움을 금치 못했다.

스아아!

우우웅!

그러던 그때, 유신운이 텅 빈 허공으로 손을 뻗더니 발생한 아지랑이 속에서 잿빛의 검을 뽑아 들었다.

'……저 검은!'

유신운의 회월을 확인한 담천군이 참담한 현실로 돌아왔다.

담천군의 입에서 허탈함이 가득 담긴 헛숨이 저도 모르게 새어 나왔다.

'하, 온전한 힘조차 사용하지 않고 있었다는 건가. ……완전히 농락당했군.'

그랬다. 유신운이 지금껏 너무나 자연스레 자신의 무기인 양 사용해서 이상한 점을 몰랐지만, 유신운의 주 무장은 '겸(鎌)'이 아닌 '검(劍)'이었다.

유신운이 여태껏 자신의 주무장조차 사용하지 않고 있었다는 사실은 담천군에게 단 한 번도 느껴보지 못한 모멸감을 느끼게 하고 있었다.

그 순간, 유신운과 담천군의 눈빛이 한데 겹쳤다.

씨익.

그러자 유신운은 담천군의 타들어 가는 속내를 안다는 듯이 한껏 입꼬리를 말아 올렸고.

빠득.

담천군은 아무 말도 못 한 채 그저 부서질 정도로 이를 갈 뿐이었다.

그때, 유신운이 담천군에게 전음을 보냈다.

-자, 이제 네놈만 연기를 잘 하는 게 아니란 걸 보여 주지.

-……무슨 헛소리냐.

의미를 알 수 없는 말에 담천군이 의아해하던 순간.

촤아아!

처척!

귀면랑과 신의가 허공에서 몸을 날려 땅에 착지했다.

우우웅!

스아아!

전장의 모두가 두 사람의 손에서 신묘한 빛을 발하는 용독겸과 삼첨도에 숨을 죽였다.

처처척!

그 순간, 느닷없이 두 사람이 갑자기 유신운 앞에 한쪽 무릎을 꿇으며 극진한 예를 갖추었다.

"충(忠)! 속하, 모든 명을 완수하고 돌아왔습니다!"

"충(忠)!"

"……!"

지켜보던 두 진영의 모두가 빠짐없이 제 입을 턱에 닿을 정도로 쩍 벌리며 경악한 표정을 지었다.

유신운이 말한 '연기'가 이것이었나.

담천군의 얼굴이 비할 바 없이 일그러졌다.

와아아!

채채챙!

"신주삼황이 아니라 일황(一皇)이었구나!"

"백운검황(白雲劍皇) 만세! 백운무신(白雲武神) 만세!"

청천맹 진영의 모든 무사들이 검을 높이 들며 이 상황을 기뻐했다.

두 사람이 유신운의 앞에 무릎을 꿇은 것은 단순한 주종 관계의 표출 정도의 의미로 끝나지 않았다.

지금껏 혈교의 암계를 무너뜨리고 담천군의 진로를 막아 세운 것이 모두 청천맹주 유신운의 놀라운 계획이었다는 사실은…….

'맹주님은 모든 것을 알고 계셨어!'

'놈들의 표정을 봐라! 이 전쟁은 우리의 승리로 끝날 거 야!'

모두에게 승리의 자신감을 불어넣고 있었던 것이다.

청천맹 무사들의 사기가, 마치 살아 있는 생명처럼 세차게 박동하며 들썩이자, 담천군이 검파를 부서질 듯 강하게 잡았다.

'이대로 두었다가는 모든 대계가 허물어진다!'

파바밧!

촤라라라!

담천군은 모든 기운을 폭발시키며 전광석화처럼 세 사람에게 달려들었다.

화르르르!

화르륵!

그의 전신에서 오염된 마나와 내기뿐만이 아니라 선천진기마저 불꽃처럼 맹렬히 타오르고 있었다.

생사경의 세 사람을 동시에 상대하려면 생명마저 걸어야 한다는 것을 알았기에 결정한 일이었다.

"놈! 죽여 주마!"

그렇게 세 기운이 합쳐지며 순간이나마 생사경 중급을 바라볼 정도의 기운이 담천군의 전신에서 활활 타오르고 있었지만.

"발악을 하는구나."

유신운은 조금의 두려움도 없는 표정으로 회월의 칼날을 적에게 향했다.

채챙!

그와 동시에 귀면랑과 신의 또한 각자의 주 무장을 들어 올렸다.

스아아!

파바밧!

세 사람의 신형이 찰나의 순간 신기루처럼 제자리에서 사라졌다.

콰가가가!

콰아아앙!

이어 일 장의 거리 앞에서 대지가 무너져 내리는 것 같은 거대한 폭음이 터져 나왔다.

"크윽!"

그곳에서는 자신만만하게 달려들던 담천군이…… 겸, 창, 검의 연격을 힘겹게 막아 내며 신음을 흘리고 있었다.

세 사람은 가볍게 공간을 접어 달리며 거리를 순식간에 좁히고 있었다.

콰르르릉!

콰아앙!

네 사람의 격돌로 수천의 번개가 내리꽂히는 것과 같은 충격파가 사방에 쏟아져 내리고 있었다.

담천군은 흔들리는 총운신검의 검 끝을 겨우 다시 세웠다.

화르르!

촤아아!

그러곤 체르노보그의 힘을 채찍처럼 형상화해 세차게 휘둘렀다.

치이이!

스아아

닿는 모든 것을 사멸시켜 버리는 체르노보그의 힘이 미쳐 날뛰며 사방을 가루로 만들어 버리고 있었다.

유신운과 두 사람은 맞상대하지 않고 뒤로 물러나며 가볍게 거리를 벌렸다.

그 모습을 보며 담천군이 회심의 미소를 지어 보였다.

체르노보그의 힘이 다시금 회수되어 총운신검의 칼날에 모두 아로새겨졌다.

스아아!

촤라라라!

'이걸로 끝이다!'

겁쟁이처럼 물러난 세 사람을 향해 총운신검이 춤을 출 때마다 핏빛으로 물든 매화가 수십, 수백, 수천으로 허공에 피어나기 시작했다.

매화신검(梅花神劍) 혈천류(血天流).

최종오의.

혈매멸천하(血梅滅天下).

정종 검학의 극치였던 화산파의 검이라고는 상상되지 않는 흉포하고 끔찍하기 그지없는 무공이었다.

심검으로 완성된 변절된 매화검이 유신운과 두 사람을 거친 해일처럼 덮쳐 왔다.

'됐다!'

담천군은 회심의 일격을 쏟아 내며 자신의 승리를 직감했다.

선천진기까지 사용하며 일생의 모든 것을 쏟아부은 이 일격을 막아 낼 존재는 혈교주를 제외하면 세상에 존재하지 않으리라.

……하지만.

다음 순간, 유신운은 그런 담천군의 필승의 자신감을 너무도 가볍게 짓이겨 버리기 시작했다.

촤라라라!

스콰가가!

피할 생각 따위는 않고 유신운과 두 사람은 혈매화가 만들어 낸 필사(必死)의 공간으로 도리어 발을 들였다.

우우우웅!

스아아!

그리고 심겸, 심창, 심검.

세 존재가 동시에 한 초식을 각자 다른 병기로 펼쳐 내기 시작했다.

완벽히 같은 존재인 세 사람은 강호의 역사 이래로 최초이자 마지막으로 가장 완벽할 수밖에 없는 합격(合格)을 펼쳐 냈다.

'……중급도 아니야. 이 힘은 그 너머의……!'

뇌운십이검 신운류.

천마식 후반 2초 개(改).

비전오의(祕典奧義).

무쌍나선(無雙螺旋) 삼연겁(三聯劫).

유신운이 쏟아 낸 의념의 힘이 인간의 한계를 돌파한 순간.

세상의 빛이 사라졌다.

소리 또한 사라졌다.

이대로 세상이 영원히 멈춰 버린 것이 아닌가 싶었던 그때.

콰르르르르르!

콰가가가!

온 세상이 무너져 내리는 것과 같은 거대한 폭음과 충격파가 전장을 휩쓸고 지나갔다.

허공을 뒤덮었던 혈매화는 흔적도 없이 모두 찢겨 나갔다.

유신운이 펼친 방진(防陳)으로 요병대의 요괴들과 강시들

그리고 혈교의 무사들만이 피해를 입은 모습이었다.

두 진영의 무인들은 자신들이 무한의 세월을 거듭한다 해
도 닿을 수 없는 무(武)를 목도한 충격으로 작은 움직임조차
행하지 못하고 있었다.

쨍그랑.

털썩.

그때, 온몸이 만신창이가 된 담천군이 땅에 두 무릎을 꿇
었다.

온몸의 기혈이 터져 나간 탓에 그의 전신이 피로 물들어
있었다.

합격을 이기지 못한 총운신검 또한 검날이 반으로 쪼개져
나뒹굴고 있었다.

선천진기가 소모된 영향으로 담천군은 늦췄던 노화가 급
속도로 진행이 되어 있었다.

"네놈이 어떻게…… 쿨럭! 그어억!"

충격과 공포에 물든 눈빛으로 유신운을 바라보는 담천군
은 뒷말을 잇지 못했다.

내부가 뒤엉키며 검은 핏물과 내장 조각들이 입에서 쏟아
졌기 때문이었다.

그가 묻지 못한 '천마(天魔)'의 힘을 어찌 사용하는지에 대
한 질문의 답은 다른 이가 해결해 주었다.

뿌우우우!

뿌우우!

갑작스레 뿔피리 소리가 전장에 울려 퍼졌다.

"신교의 무사들은 모두 진천마님을 수호하라!"

"충(忠)!"

"신교천세!"

천마신교의 병력을 이끌고 온 천마 천비광과 천서린이 마교의 무인들에게 명령을 내리고 있었다.

"아아."

"……!"

마교의 무인들을 확인한 혈교의 무사들이 탄식을 쏟아 냈다.

하나 그들이 끝이 아니었다.

두두두!

드드드!

저 멀리서 삼성(三成)의 혼란을 모두 진압한 청천맹의 모든 대군(大軍)이 합류하고 있었다.

"맹주님을 도와 악적들을 분쇄하라!"

"무사들에게 얼른 보패들을 나눠 주어라!"

덕광, 남궁호가 이끄는 청천맹의 병력이 백이랑과 호철당의 원들과 연합해 완성된 양산형 보패와 혼마보패를 군사들에게 보급하기 시작했고.

"녹림의 전사들이여! 우리의 형제를 구하자!"

"맹주님과 함께 세상을 구원합시다!"

호북에서 진군해온 도남강이 이끄는 녹림의 정예 병력과 당하린과 제갈군이 이끄는 황군과 금의위가 맹렬히 돌진하였으며.

"요괴를 죽이고 양민을 구하라!"

"사파련의 복수를 완성하겠다!"

합비를 안정시키고 도착한 독후 당소정과 모용명, 개방의 주취신개 장유.

사파련의 잔존 세력을 이끄는 여득구와 모용미, 경초방, 언소소가 각자의 병기를 높이 들어 올리고 있었던 것이다.

이제 전장의 기세는 완벽히 청천맹의 것으로 바뀌어 있었다.

유신운은 한 발짝씩 천천히 담천군에게 다가갔다.

"끝났다, 담천군. 어서 혈교주 그 자식을 불러내."

"어……서, 죽……여라…….."

담천군은 핏기가 사라진 얼굴로 대답했다.

"뭐, 그렇게 나와도 다 방법은 있지."

유신운이 스킬을 시전하기 위해 오른손에 조화신기를 집중하던 그때였다.

스아아아!

콰르르르르르!

갑자기 흉포하기 그지없는 기운이 사방에서 미쳐 날뛰기

시작했다.

유신운이 고개를 들어 올렸다.

그 미지의 기운의 출처는 다름 아닌 하늘이었던 것이다.

'이런……!'

유신운의 얼굴에 처음으로 긴장감이 서렸다.

그가 전생의 기억에서 보았던 종말의 그날처럼.

피처럼 붉은 하늘(血天)이 열리고 있었다.

❦

유신운의 손에 담천군이 목숨을 잃고 청천맹의 승리로 전쟁이 마무리되려던 찰나.

갑자기 하늘의 색이 흉험하기 그지없게 변하여 있었다.

"히익! 하, 하늘이!"

"……핏빛으로 물들었다."

"이 무슨 요사스러운 일이란 말인가."

혈교의 무사들 그리고 요괴, 강시들과 치열한 전투를 벌이고 있던 청천맹의 무인들은 얼굴에 당혹감을 숨기지 못하고 있었다.

단순히 색이 변한 하늘이 께름칙해서가 아니었다.

혈천이 전장을 뒤덮자 적들에게서 느껴지던 기운이 걷잡을 수 없이 강해지고 있었기 때문이었다.

"크하하하! 다 죽여 버리겠다!"

"마신(魔神)님의 은혜가 우리와 함께하신다! 모두 검을 들어라!"

"적들을 베어 버려라!"

혈교의 무사들의 눈이 붉게 물들어 있었다.

마신의 은혜가 함께 한다는 그들의 말처럼 핏빛으로 물든 하늘은 그들에게 엄청난 힘을 부여하고 있었다.

주변에서 일어나는 광기 어린 상황을 보며 유신운의 표정이 처음으로 차갑게 가라앉았다.

'……무인들의 버프 효과로 끝나는 게 아니야.'

유신운의 시선이 닿은 곳에 있던 요괴와 강시들이 괴현상을 보이고 있었다.

크아아!

그르르!

요괴들은 포효를 내뿜었고 강시들은 살기 어린 안광을 쏘아 냈다.

투두둑!

그그그!

"뭐, 뭐야?"

"크아악!"

"피해라! 변형되는 놈들 곁에서 멀리 떨어져라!"

곳곳에서 쏟아지는 사람들의 외침처럼 혈천에서 쏟아지는

기운을 받은 요괴와 강시들의 신체가 더욱 강대하게 변화하고 있었다.

마치 유신운의 소환수처럼 한 단계 높은 형태로 '진화'하고 있는 것 같았다.

"크, 크큭, 이제 네놈들의 세상은 끝이다. 모든 것이 무너지고 그분의 손에 의해 새롭게 태어나리라."

혈천의 기운을 받아 조금이나마 몸이 회복된 담천군이 유신운을 바라보며 비웃음을 쏟아 내었다.

그러자 유신운의 얼음장처럼 차가운 눈빛이 놈에게 향했고.

서걱!

"……!"

"그런 일은 영원히 없을 테니 조용히 지옥으로나 가라."

유신운은 조금의 망설임도 없이 담천군의 목을 베어 버렸다.

아직 눈을 감지 못한 담천군의 수급이 땅을 나뒹굴었다.

오랜 세월, 정도(正道) 무림을 이끌었던 최강자의 마지막 모습이라고는 생각되지 않을 정도로 허무한 생의 마감이었다.

한때 무림맹의 일원이었던 무인들은 모두 담천군의 최후를 보며 탄식을 쏟아 내고 있었다.

한데 그때였다.

스아아아!

콰아아!

'이건?'

유신운이 담천군의 시체를 보며 미간을 좁혔다.

스아아!

두드득!

담천군의 시체가 혈천의 빛을 흡수하더니 이내 다시금 오염된 마나를 쏟아 내기 시작했다.

'이미 오염된 마나를 완벽히 통제할 수 있었던 존재의 시체가 몬스터의 형태로 변하는 일은 없었는데?'

그랬다. 유신운의 말처럼 죽은 담천군의 시체가 몬스터의 형태로 변화하며 되살아나고 있었다.

"이, 이게 무슨?"

"적들이 되살아난다!"

하나 이런 상황은 담천군뿐만이 아니었다.

전장의 곳곳에서 같은 상황이 펼쳐지고 있었다.

마치 유신운의 사령술처럼 죽은 혈교 무사들의 시체가 혈교주에게 받았던 몬스터의 형태로 변화하고 있었던 것이다.

'이게 저 빌어먹을 하늘의 진짜 효능이었군.'

죽은 무인들의 몬스터로의 부활.

아무리 청천맹이 지원군이 충원됐다고 하지만 오늘을 위해 준비해 놓은 혈교 총병력의 수는 넘어서지 못했다.

게다가 무인들이 한 번도 경험해 본 적이 없을 몬스터들이

기에 말 그대로 최악의 상황이 펼쳐지고 있었다.

파아아!

촤아아!

그때, 갑자기 끔찍한 모습의 살덩어리가 되어 꿈틀거리던 담천군의 시체에서 수많은 촉수가 폭우처럼 쏟아졌다.

파밧!

"물러서라!"

유신운은 뒤로 물러서며 기운을 흩뿌려 아군의 모두를 멀찍이 대피시켰다.

촤아악, 푸푹!

"크, 크아악!"

"아악! 매, 맹주! 끄극!"

촉수에 꿰뚫린 담천군의 수하들이 비명을 토했다.

그들의 모습이 순식간에 목내이(木乃伊)의 모습으로 변화했다. 사로잡은 제물들의 생명력을 흡수하고 있었던 것이다.

걷잡을 수 없이 커지던 살덩어리는 점차 제대로 된 형상으로 변화해 가기 시작했다.

본 드래곤에 버금가는 칠흑의 거체(巨體)에 흉측한 혈관들이 꿈틀거렸다.

등에는 타천사를 연상케 하는 여덟 장의 검은 날개가 활짝 펼쳐져 있었다.

번들거리는 두 개의 눈동자에 이지는 사라지고 오로지 살육을 위한 광기만이 빛을 발했다.

-쿠오오!

신의 이름으로 불렸던 체르노보그는 마물 그 자체가 되어 전장에 흉험한 포효를 쏟아 내었다.

"괴, 괴물."

"……정녕 세상의 끝인가."

모두가 본 적 없는 괴물의 등장에 절망에 빠지려던 그때였다.

우우우웅!

우우웅!

적들이 내뿜는 어둡고 끔찍한 핏빛의 기운들 속에서 금빛의 빛 무리가 기둥처럼 솟구쳐 올랐다.

"저건?"

"맹……주님?"

유신운의 전신에서 고결하기 그지없는 기운이 미친 듯이 휘몰아치고 있었다.

황홀한 빛의 발원지는 다름 아닌 유신운의 양손이었다.

유신운의 손끝에서 한계를 돌파한 조화신기가 휘몰아치고 있었다.

'이제 정체를 숨길 일 따위는 필요 없어. 자, 지금까지 쌓아 온 모든 힘을-.'

[플레이어가 '양의신공'을 완벽하게 터득하였습니다.]

[플레이어의 '양의신공'의 공능으로 '명왕기'를 완벽히 체내에 흡수합니다.]

[벽력신공, 뇌운신기에 새로운 깨달음을 얻었습니다.]

[새로운 깨달음을 얻어 조화신기의 완성률이 99%가 되었습니다.]

[레벨이 상승하였습니다.]

[230레벨을 달성하였습니다.]

[현재 플레이어가 존재하는 '위계'의 필멸자가 도달 가능한 '한계 레벨'에 도달하였습니다.]

[랭크 상승으로 동시에 소환 가능한 권속의 숫자가 '∞'기가 되었습니다.]

[새로운 스킬 '⋯⋯'을 획득하였습니다.]

보여 주지⋯⋯라는 각오와 함께 유신운이 자신의 양손을 그대로 대지에 가져갔다.

그의 입이 새롭게 얻은 스킬의 이름을 달싹였다.

"무한 소환(無限 召喚)."

콰르르르르!

콰가가가!

유신운의 손끝에서 터져 나온 조화신기가 전장의 대지를 내달리기 시작했다.

금빛의 기운이 마치 붓처럼 일어나 땅을 도화지로 삼더니,

끝도 없이 소환진을 그려 내기 시작했다.

"……!"

"이건……?"

갑자기 피어오르는 빛의 물결에 무인들이 놀란 모습을 숨기지 못했다.

하지만 그들의 눈에 떠오른 것은 겁이나 공포가 아닌 유신운에 대한 경외였다.

의미를 알 수 없는 무수한 그림에는 자신들의 지친 몸에 활력을 불어 넣는 선기(仙氣)가 살아 숨 쉬고 있었으니까.

스아아!

촤아아아!

-쿠오오!

-따닥!

그렇기에 그들은 소환진 속에서 수천, 수만의 스켈레톤 병사와 무수한 몬스터들이 쏟아져 나온다고 해도 놀라지 않았다.

크림슨 로드, 노스페라투.

독괴룡(毒怪龍), 베넘 드레이크.

염사(炎蛇), 비유.

발록, 크라켄, 가루라…….

유신운이 지니고 있던 그외의 모든 소환수들이 결박을 풀어헤치고 동시에 현세에 모습을 드러내었다.

파바밧!

그 순간, 귀면랑이 새롭게 등장한 괴이들을 이끌고 체르노보그와 혈교의 무사들에게 달려들었다.

콰아아아!

콰가가!

맞부딪친 거대한 기운의 다툼이 거센 파도처럼 전장에 휘몰아쳤다.

그제야 정신을 차린 청천맹의 무사들이 너나할 것 없이 각자의 검을 들고 뒤를 쫓았다.

"귀면랑님을 저대로 둘 것이냐!"

"우리도 물러서지 말고 뒤따라라!"

촤아아!

그때, 신의가 신묘한 빛을 흩뿌리며 수많은 버프 스킬을 그런 청천맹의 무인들에게 쏟아 내었다.

나부끼는 청천맹의 깃발 아래.

정(正)과 사(邪)의 경계가 사라지고, 오로지 사람만이 남았다.

모두가 모두를 지키기 위해 검을 휘두르고 있었다.

-크어어!

본 드래곤이 내뿜은 브레스에 체르노보그가 얼굴의 반쪽이 날아가는 피해를 입고 신음을 쏟아 내었다.

와아아!

거신과 같던 적이 고통에 찬 신음을 쏟아 내자 청천맹의 무인들이 환호했다.

하지만.

단 한 명, 유신운의 표정은 그들과 달리 밝지 않았다.

'……저 하늘의 균열 속, 기운이 요동치고 있어.'

또다시 하늘 속의 균열이 뒤틀리며 또 다른 변화가 시작되려 하고 있는 것을 눈치챘기 때문이었다.

"뀨우!"

유신운의 심정을 눈치 챈 흑점이 어느새 곁으로 다가와 올라타라는 듯 등을 내주었다.

유신운이 곧장 올라타려던 그때.

"잠깐. 나도 같이 가지."

―따닥.

똑같이 하늘의 이상을 확인한 잔월천마, 천비광과 유일랑이 곁으로 왔다.

"내가 예상한 것이 맞다면 저 균열은 인계와 선계의 틈이 뒤틀리고 있다는 증거. 어서 막지 않으면 모두가 죽고 말거다."

천비광은 당장 서둘러야 한다며 재촉했다.

하지만 유신운은 그의 말에도 아무런 반응 없이 혼란한 전장을 훑어보곤 고개를 저으며 말했다.

"안 됩니다."

"……안 된다니 그게 무슨 말인가?"

천비광이 이해가 안 간다는 표정으로 대답했다.

"어떻게 하려고 하는 건가."

"두 분 모두 이곳에서 싸워 주십시오. 저를 제외하면 가장 강한 두 분이 이 전장을 떠나면 이곳의 어느 누구도 살아남지 못할 겁니다."

유신운의 말에 천비광이 인정하고 싶지 않지만, 어쩔 수 없다는 듯 말했다.

"말도 안 된다. 그 괴물을 혼자 상대한다는 건⋯⋯!"

스윽.

하지만 유신운은 더 들을 말이 없다는 듯, 아공간에서 두 개의 무구를 꺼내 건넸다.

다름 아닌 보패 흑마염태도와 진천마를 상징하던 검인 멸천(滅天)이었다.

"선계에 진천마(眞天魔)의 이름을 새기고 금세 돌아오겠습니다. 그때까지 이곳은 두 천마만 믿고 있겠습니다."

"잠깐─!"

"가자!"

유신운은 말을 마치자 곧바로 흑점이의 등을 타고 하늘로 비상했다.

천비광이 그의 앞을 가로막으려 했지만, 유신운의 기운을 전해 받은 흑점이의 속도는 한 줄기의 섬광과 같았다.

파아앗!

촤아아!

'……!'

어느새 창공으로 올라 혈천에 새겨진 틈에 가까워지면 가까워질수록 뒤틀린 기운이 지독하게 유신운과 흑점이의 몸을 파고들었다.

조화신기로 펼친 호신강기마저 꿰뚫는 지독한 기운은, 틈새의 위험성을 알려 주고 있었다.

"……끄."

흑점이가 고통에 찬 신음을 쏟아 내었다.

영수인 흑점이에게 틈새에서 새어 나오는 타락한 요기는 수천 개의 칼날이 몸을 난자하는 것 같은 고통을 느끼게 하고 있었다.

'고생했다.'

파앗!

유신운은 흑점이의 등을 박차며 틈새 속으로 몸을 날렸다.

놀란 흑점이가 함께 들어가려 했지만 유신운은 강제로 지상으로 내려보냈다.

콰즈즈즈!

파지직!

'크흡!'

틈새 속으로 진입하자마자 유신운의 전신에 파고들던 요기가 몇십 배는 더 강렬해졌다.

이제는 웬만한 고통은 모두 무감각해졌다고 생각하던 유신운 마저 헛숨을 삼킬 정도였다.

　요기는 필멸자의 몸을 무너뜨리려는 듯 집요하게 유신운을 파고들었지만…….

　'꺼져라!'

　스아아아!

　콰아아!

　어느새 기운을 정비한 유신운이 자신의 모든 힘을 개방하며 요기에 저항하기 시작했다.

　명왕기, 내기, 음의 마나.

　지금까지 완성해 온 유신운의 힘이 요기를 모조리 태워 버리고 있었다.

　크아아!

　크에에!

　틈새를 넘어가려고 준비 중이던 수많은 요괴들이 유신운의 기운에 되레 재가 되며 신음을 쏟아 냈다.

　……그리고 마침내.

　'이곳이 최후의 전장인가.'

　폐허가 된 곤륜도에 유신운이 도착하여 있었다.

7장

　몸에 달라붙은 요괴의 잔해들을 기로 가볍게 태워 버린 후, 유신운은 주변을 살폈다.

　선인들의 세계였던 곤륜도는 그 어떤 살아 있는 기운도 존재하지 않았다.

　풀과 나무는 재만 남아 있었고, 땅은 타오르고 있었으며, 하늘은 깨진 거울처럼 산산이 부서져 있었다.

　숨 쉬는 공기마저 끔찍한 요기가 가득한 이곳은 이제 망자의 땅이라고 해도 믿을 수밖에 없었다.

　그러던 그때, 차갑게 가라앉은 유신운의 시선이 한곳을 향했다.

　'다행히 어디로 가야 할지는 나와 있군.'

유신운은 모든 기운을 개방하여 적의 기운을 감지해 보았다.

그리고 그 감지망에 포착된 곳은 곤륜도의 중심부에 위치한 의문의 궁(宮)이었다.

그곳에서 공기 중에 깔린 요기가 생성되고 있었다.

저곳에 십천군, 그리고 최후의 적인 혈교주가 자리하고 있으리라.

순간, 유신운이 회월을 쥔 손에 기운을 불어 넣었다.

스아아!

콰아아!

유신운의 전신에서 거대한 기운이 요동치기 시작했다.

자신이 도착했다는 것을 알리는 선전포고였다.

파바밧!

발바닥의 용천혈에 기운을 집중하며 유신운이 전광석화와 같은 속도로 의문의 궁으로 돌진했다.

은밀한 침입 같은 계획을 세울 시간은 없었다.

'시간이 얼마 남지 않았다. 이 세계는 붕괴하고 있다.'

생사경 상급에 도달하며 상승한 기감의 경지는 유신운에게 새로운 사실을 알게 해 주었다.

그건 바로 곤륜도가 폐허가 되었음에서 그치지 않고, 이 선계(仙界)라는 세계 자체가 멸망하고 있다는 것이었다.

자신이 막지 않는다면 인계에도 벌어질 참담한 결과가 이곳에 먼저 벌어져 있었던 것이다.

그렇기에 유신운은 힘을 숨기는 멍청한 짓 따위는 집어치운 채, 자신을 막는 모든 적을 베어 버리며 궁에 진입할 생각이었다.

하지만 그의 예상과 달리…….

'뭐지?'

궁으로 접근하는 동안 유신운에게 그 어떤 위협도 가해지지 않았다.

'……혈교주의 기운은 느껴지지 않지만, 이 궁 안에 최소 다섯 이상의 요기가 느껴지는데.'

고민을 거듭했지만 왜 자신의 침입을 용인하는 것인지에 대한 의문은 결국 적들을 만나야 풀릴 것 같았다.

그러나 유신운은 긴장을 늦추지 않고 당장이라도 전력으로 싸울 태세를 갖춘 채 궁 안으로 들어섰다.

유신운의 미간이 저도 모르게 찌푸려졌다.

'거의 화산 속으로 들어온 느낌이군.'

궁의 심장부에서 쏟아지는 요기는 흡사 용암을 그대로 맞는 것 같은 지독한 열기와 같았다.

쿠구구!

쿠구궁!

궁의 깊숙한 곳으로 다가가면 갈수록 심장의 고동 소리를 연상케 하는 흉험한 괴음이 들려 오고 있었다.

그리고 마침내 유신운은 널찍한 대전에 당도했다.

"......!"

대전 안의 모습을 확인한 유신운은 두 눈을 커다랗게 떴다.

"크으, 윽!"

"끄극!"

자신의 적이 되리라 생각했던 십천군 다섯 명이 만신창이가 된 모습으로 거대한 사슬에 묶여 신음을 흘리고 있었다.

온몸이 상처와 피로 물든 그들은 살아 있는 시체 그 이상도 아니었다.

'이게 대체 무슨?'

유신운은 생각지도 못한 상황 탓에 당황한 기색을 숨기지 못하고 있었다.

쿠구구!

쿠구궁!

그러던 그때, 예의 박동 소리가 다시금 대전 안에 울려 퍼졌고.

"크아아악!"

"끄아아!"

다시금 십천군들의 발작이 시작됐다.

점점 목내이처럼 변해 가는 그들의 모습을 보니, 사슬에 생기를 흡수당하는 것 같았다.

유신운은 사슬이 향하고 있는 곳을 확인했다.

그곳에는 웅장한 비석(碑石)이 세워져 있었다.

부서진 천장을 뚫고 깨어진 하늘을 향해 치솟아 있는 의문의 비석은 십천군의 힘을 자비 없이 흡수하고 있었다.

한눈에 보아도 본래 이곳에 존재했던 것이 아닌 틀림없었다.

'혈교주가 만든 구조물인 것 같은데…….'

눈에 기운을 불어넣어 거대한 비석을 샅샅이 살피던 유신운은.

'잠깐, 저건! 저게 왜 이곳에……?'

비석의 중심부에 박힌 무언가를 확인하고는 경악을 금치 못했다.

스아아!

촤아아!

찬란하기 그지없는 빛을 발하고 있는 보석.

약간의 형태는 달라졌지만, 본질은 분명히 전생에서 보았던 물건이 틀림없었다.

자신을 쫓은 그리핀의 여조규 회장 앞에서 목구멍 속으로 넣었던.

자신을 이 세계에 불러온 정체를 알 수 없는 기물(奇物), '이름 없는 돌'.

그것이 비석의 중심부에 박힌 채 흉험한 빛을 뿜어내고 있었다.

'설마 그렇다면 혈교주가 원하는 것이……!'

유신운이 혈교주의 대계가 무엇인지 조금씩 알아차리던 그때.

"드디어 왔구나."

"……!"

갑자기 바로 등 뒤에서 울려 퍼진 누군가의 목소리에 유신운의 등줄기에 소름이 돋아 왔다.

촤아아!

촤라라라!

유신운은 찰나의 순간 만에 모든 준비를 마치고 즉각 몸을 회전시키며 검을 휘둘렀다.

파즈즈!

조화신기가 푸른 뇌기(雷氣)로 변화하며 회월의 검날 위에서 타오르고 있었다.

촤아아!

키야야!

다시금 휘두른 유신운의 회월에서 뇌기로 이루어진 강기가 발출되었다.

강기는 곧 거대한 뇌조(雷鳥)의 형상으로 뒤바뀌어 그림자에 숨은 의문인을 향해 휘몰아쳤다.

"어설픈 기운의 조합이군."

하지만 상대는 조금의 놀람도 없는 목소리로 실망을 표했다.

우우웅!

콰가가!

다음 순간, 그림자 속에서 오염된 마나가 미친 듯이 끓어올랐다.

상대를 통째로 집어삼킬 기세로 질주한 뇌조가 오염된 마나로 이루어진 장벽에 가로막혔다.

파스스스!

파스스!

장벽에 닿은 순간, 너무도 손쉽게 유신운의 뇌조가 흔적도 남기지 않고 그대로 소멸해가기 시작했다.

그에 유신운은 대전 쪽으로 거리를 벌리며 다시금 공격을 이어 가려 했다.

스아아!

'위험하다!'

하지만 곧이어 본능적으로 위험을 감지하고는.

촤아아!

파아아!

분명히 아무것도 없는 머리 위의 허공을 향해 몸을 억지로 비틀며 회월의 칼날을 꽂아 넣었다.

채채챙!

콰가가가!

그러자 무형(無形)의 무언가에 막히며 굉음이 울려 퍼졌다.

콰르르!

그르르르!

두 힘이 맞부딪치며 발생한 충격파가 파도처럼 궁의 내부에 터져 나왔다.

궁이 무너질 듯 뒤흔들리며 파열음이 곳곳에서 울려 퍼졌다.

"클클, 역시 이 정도에는 당하지 않는군."

사이한 목소리와 함께 유신운이 검을 휘두른 허공이 아지랑이가 일렁였다.

그리고 공간이 찢기며 그 속에서 혈교주의 사안(蛇眼)이 번들거리고 있었다.

'크윽!'

처음으로 유신운의 검 끝이 흔들리고 있었다.

혈교주가 모습을 드러내자 폭사되던 오염된 마나와 요기가 배는 더 강해졌다.

혈교주의 기운은 지금까지 상대했던 그 누구보다도 강력했다.

'일점(一點)에 모든 힘을 집중하면!'

스아아!

촤아아!

유신운의 의지에 따라 회월의 검날에 검환이 끝없이 만들어졌다.

수십, 수백 개에 달하는 검환이 연성되어 검의 주위를 위성처럼 맹렬히 맴돌고 있었다.

더 이상 완벽할 수 없는 완전한 나선강기가 유신운의 검 끝에서 발현되었다.

뇌운십이검 신운류.

후반부 1초.

비전오의(祕典奧義) 개(改).

굉뢰나선(轟雷螺旋) 무참(無慘).

콰르르르!

콰가가!

하늘이 무너지는 것 같은 거대한 굉음이 터져 나왔다.

생사경 상급의 깨달음을 모두 불어 넣은 유신운의 일격이 이제 완전히 모습을 드러낸 혈교주의 심장을 향해 쏘아지고 있었다.

촤아아아!

푸푸푹!

분명히 회월의 칼날이 혈교주의 몸을 꿰뚫었음에도 유신운의 표정은 딱딱히 굳어 있었다.

혈교주는 아귀처럼 유신운이 발현한 모든 기운을 집어삼켰다.

스아아아!

파스스!

미쳐 날뛰던 나선강기가 그대로 무(無)로 되돌아가며 사멸했다.

유신운은 곧바로 검을 회수하며 뒤로 물러났다.

'온다!'

촤아아아!

공간을 접는 듯, 순식간에 거리를 좁힌 혈교주가 검붉은 빛을 발하는 우수(右手)를 칼날처럼 유신운에게 휘둘렀다.

카가가강!

콰르르!

칠흑의 기운과 핏빛 기운이 수없이 명멸했다.

찰나의 순간, 유신운과 혈교주의 공방이 끝없이 이어지고 있었다.

하지만 여유가 넘치는 혈교주와 달리 유신운은 일 초, 일 초를 겨룰 때마다 거대한 중압감을 느끼고 있었다.

콰르르르!

콰가강!

거대한 폭음과 함께 두 사람이 비석을 가운데에 두고 양쪽으로 멀리 밀려났다.

무림세가
전대랑커

"후우, 후."

세차게 숨을 고르는 유신운과 달리 혈교주는 살심(殺心)을 쏟아 내며 입맛을 다시고 있었다.

"역시 저 벌레 놈들과는 달라. 또 하나의 멸망을 이룩하기 직전에 즐길 여흥으로는 나쁘지 않겠구나."

쿠아아아!

콰가가!

그 말과 함께 혈교주의 전신에서 이전과는 비교도 되지 않는 강대한 기운이 폭풍처럼 휘몰아치기 시작했다.

그 모습을 보며 유신운이 생각에 잠겼다.

'생사경 상급으로도 쉽지 않다니……. 아직 상대는 전력을 보이지도 않았건만.'

상대는 자신이 생각한 것보다 훨씬 더 강력한 존재였다.

생사경을 넘은 입신(入神)의 경지라고 일컫는 신화경의 초입에 들어선 것으로 짐작되었다.

그 모습을 보며 혈교주가 이죽거렸다.

"설마 벌써 전의를 상실한 것은 아니겠지?"

"헛소리는 그쯤 하라고. 어떻게 처죽여 줄지 고민 중이니까."

하지만 유신운은 조금도 겁먹지 않았다.

이 정도 차이가 날 수 있다는 것 정도는 이미 알고 이곳에 왔기 때문이었다.

포기하지 않고 다시금 전의를 불태우는 유신운을 보며 혈교주가 맛있는 먹잇감을 본 것처럼 눈을 번들거렸다.

"역시 탐나는군. 역천자(逆天者)여, 그대에게 마지막 기회를 주겠다."

"……!"

혈교주의 말에 유신운이 깜짝 놀랐다.

'하늘을 거스른 자[고딕][逆天者]라니……. 이놈 설마 내 정체를 알고 있는 건가?'

놈이 칭하는 역천자라는 말 때문이었다.

놈은 자신이 차원을 이동했다는 사실을 아는 듯했다.

그러던 그때, 혈교주가 말을 이어 나갔다.

"뭘 그리 놀라지? 인과율을 거스르고 차원을 이동한 것이 너뿐이라 생각했나?"

"……!"

그 말을 마친 후, 혈교주는 힘을 거두고 비석을 향해 천천히 걸어갔다.

유신운은 그 모습을 지켜보며 놈의 빈틈을 끝까지 노리고 있었다.

혈교주는 천천히 비상해 비석의 중심에 있는 이름 없는 돌을 어루만지며 다시금 입을 열었다.

"균열석(龜裂石). 차원에 단 하나씩만 존재하는 괴이한 기물이지."

자신이 몰랐던 이름 없는 돌의 진정한 이름은 균열석이었다.

"이 물건으로 이룰 수 있는 것은 창생과 멸망. 전자는 우리가 했던 것처럼 체내로 흡수하여 다른 차원의 존재로 환생하는 것이며……."

말하는 혈교주의 두 눈에서 지독한 탐욕과 광기가 번들거리고 있었다.

그 끔찍한 모습에 회월을 쥔 유신운의 손이 저도 모르게 힘이 들어갔다.

그러던 그때, 혈교주가 유신운이 몰랐던 두 번째 이유를 꺼냈다.

"후자는 세계가 멸망할 때의 힘을 담아 진정한 신(神)이 될 수 있지."

"……!"

혈교주가 세상을 멸망시키려 했던 이유.

그건 바로 차원이 붕괴하며 발생하는 힘을 균열석에 담아 흡수하여 진정한 마신이 되기 위함이었다.

자신이 멸망시킬 세상의 모습을 떠올리는 것일까.

혈교주가 미소를 지어 보이며 말을 꺼냈다.

"무릎을 꿇고 나를 따라라, 역천자여. 그렇다면 네게도 신의 힘을 나누어 주겠다."

놈의 제안에 유신운은 조금의 망설임도 없이 대답했다.

"내 대답은 하나다."

스아아!

촤아아아!

유신운의 전신에서 조화신기를 비롯한 수많은 기운이 미쳐 날뛰기 시작했다.

"널 죽이고 돌아간다."

유신운의 의지를 확인한 혈교주는 비릿한 미소를 지어 보였다.

스아아!

그와 동시에 혈교주의 전신에서 강대하기 그지없는 기운이 피어오르기 시작했다.

"클클, 참으로 아둔하구나. 죽음을 바란다면 그렇게 해 줘야겠지."

혈교주가 천천히 유신운을 향해 걸어 내려오기 시작했다.

콰드득!

콰지직!

그 걸음을 따라 뾰족한 파열음과 함께 공간이 파괴되어 갔다.

신화경에 도달한 혈교주의 힘은 세상의 질서를 제 맘대로 농락할 정도까지 강해져 있었다.

일반적인 무인이었다면 싸워 보지도 않고 전의를 상실했으리라.

하지만 유신운의 눈빛에는 두려움이나 겁 따위는 없었다.

'일격마다 모든 힘을 쏟아부어야 한다.'

촤라라라!

촤아아!

순간 유신운의 머리 위의 허공에 균열이 발생했다.

그리고 그 속에서 수많은 병장기들이 쏟아져 나왔다.

촤라라라!

콰가가!

지금까지 유신운이 얻어 낸 모든 보패들이 각자의 권능을 토해 내며 혈교주를 향해 살의를 쏟아 내고 있었다.

파아앗!

그때 유신운이 거세게 진각을 박차며 혈교주를 향해 전광 석화처럼 달려들었다.

한 줄기의 빛처럼 쏘아져 나가는 유신운의 등 뒤로 보패들 이 함께 날아들고 있었다.

찰나 만에 만천화우처럼 수많은 병기들이 허공을 뒤덮은 그 순간.

콰르르르!

콰가가!

유신운의 전신이 뇌전(雷電) 그 자체로 뒤바뀌었다.

이어 마치 분신술을 사용한 것처럼 유신운이 모습이 끝없 이 나타났다.

새롭게 나타난 유신운들은 모두 허공에서 날아들고 있는 보패들을 쥐었다.

　'죽인다!'

　오로지 살의의 의념만을 담은 본체를 필두로.

　콰가가가가!

　촤라라라!

　수많은 분신들 또한 각기 다른 뇌운십이검의 다른 초식을 펼쳐 내기 시작했다.

　뇌운십이검 신운류.

　극의(極意).

　천뢰무한참(天雷無限斬).

　하늘이 무너져 내리는 것과 같은 굉음이 사방에 울려 퍼졌다.

　유신운이 창조해낸 무한에 가까운 일격이 공간을 헤집으며 혈교주에게 쏟아져 내렸다.

　유성처럼 퍼부어지는 공격 하나하나가 가히 파천(破天)의 힘을 담고 있었다.

　하지만 자신의 눈앞까지 그 모든 참격이 당도하였음에도.

　혈교주는 어떠한 작은 방어 태세조차 갖추지 않았다.

　"역천자여, 정녕 이따위 우스운 재주에 내가 당할 것으로 생각했더냐."

비릿한 미소와 함께 혈교주가 가볍게 한 손을 내저었다.

파아아앗!

촤아아!

그 작은 손동작에 거센 폭풍이 일며 그의 사혈들을 노리던 모든 보패들을 일거에 튕겨 냈다.

유신운의 잔상들은 폭풍에 휩쓸려 모조리 사라졌고.

쐐애액!

푸푹!

보패들은 사방으로 날아가 벽과 무너진 잔해들에 꽂혔다.

순식간에 남은 것은 회월을 쥔 유신운, 단 한 명뿐이었다.

가소롭기 그지없어 보이는 유신운의 모습을 바라보는 혈교주의 사안(蛇眼)이 잔혹하게 번들거렸다.

'한 줌의 핏물로 만들어 주리라!'

혈교주가 날아드는 유신운을 향해 손을 뻗었다.

촤아아!

쐐애액!

"크흡!"

그러자 뇌기(雷氣)를 쏟아 내며 절초를 펼치던 유신운의 자세가 갑작스레 무너졌다.

혈교주의 손에서 거대한 인력(引力)이 작용하듯 유신운의 신형이 혈교주에게로 빨려 들어가고 있었다.

쐐애액!

콰가가가!

어떻게든 기운을 끌어 올린 유신운이 온 힘을 다해 반항하고 있었지만, 혈교주의 강대한 기운을 이기지는 못하고 있었다.

촤아아!

스르릉!

"끝이다!"

어느새 쌍수(雙手)를 송곳처럼 날카롭게 만든 혈교주가 자신의 품으로 날아드는 유신운의 목을 베어 내려던 그때.

스아아!

"……!"

갑자기 등 뒤에서 느껴지는 원인 모를 서늘함에 혈교주가 유신운을 끌어당기던 힘을 풀고 옆으로 몸을 급히 날렸다.

그리고 다음 순간.

쐐애애액!

콰가가강!

조금 전까지만 하더라도 혈교주가 서 있던 자리에 거대한 폭발이 일어났다.

'……저들은?'

폭연이 걷히고 나타난 의문의 존재들을 확인한 혈교주의 얼굴에는 어느새 미소가 사라져 있었다.

"그어어!"

"그르르!"

짐승의 울음소리를 내고 있는 그들은 다름 아닌 균열석 아래에서 비참한 죽음을 맞이했던 십천군들이었다.

'저건……'

사이한 기운을 흩뿌리는 그들의 손에는 혈교주가 사방에 튕겨 내었던 유신운의 보패들이 들려 있었다.

'……리바이브인가? 그래, 애초에 이것을 노린 것이었군.'

전신에서 사기(死氣)를 내뿜고 있는 그것들의 형상은 강시와 같았지만, 혈교주는 그들이 바뀐 정체를 정확히 알고 있었다.

"아깝군. 목을 노렸는데 말이야."

그때, 유신운이 아까 전의 당황했던 모습은 온데간데없이 침착한 모습으로 말을 꺼냈다.

혈교주의 피해가 전혀 없는 것이 아니었다.

극한까지 기운을 숨긴 십천군의 일격에 그의 어깨에 상처가 새겨져 있었다.

여태껏 여유가 사라지지 않았던 혈교주의 얼굴에 처음으로 분노의 빛이 서렸다.

"……네놈, 네크로맨서였나."

"호오, 오랜만에 듣는 이름이네."

혈교주의 말에 유신운은 평온을 연기하며 빠르게 머리를

굴렸다.

혈교주 또한 자신과 같은 전생자라고 했다.

놈의 세계에 네크로맨서라는 직업이 있다는 새로운 정보와 본래 알고 있던 두 정보가 합쳐졌다.

자신의 수하들에게 몬스터의 힘을 건네주었다는 것 그리고 사안을 지니고 있다는 것이었다.

'아니기를 바랐지만, 놈은 역시…….'

베일에 싸여 있던 혈교주의 정체가 점차 짐작이 가기 시작하자, 유신운의 얼굴이 차갑게 가라앉았다.

예상이 맞다면 최악의 상황이 펼쳐지리라.

"뭐 그렇게 속속들이 알고 있다면……. 더 이상 숨기지 않아도 되겠군."

스아아!

하지만 유신운은 물러서지 않았다.

한계 이상까지 자신의 모든 기운을 끌어 올리며 또 다른 수를 펼쳐 낼 뿐이었다.

파아아아!

촤아아!

"……!"

혈교주가 깜짝 놀라 손을 펼치며 반구(半球) 형태의 방어막을 만들었다.

유신운의 전신에서 알 수 없는 기운이 파도처럼 뿜어져 나왔기 때문이었다.

'뭐지?'

하지만 기운의 파동은 어떠한 물리력도 행사하지 않고 방어막을 스치고 지나갔다.

하지만 시간이 흘러도 어떠한 이상도 없었다.

"무슨 짓거리를……!"

혈교주가 유신운을 향해 손을 뻗으며 예의 인력을 쏟아 내려던 찰나.

'온다!'

갑작스레 혈교주의 감각에 무수히 많은 존재들의 기운이 감지되기 시작했다.

쿠구구구!

콰드득!

땅이 뒤틀리며 발생한 균열 속에서 수많은 망자들이 모습을 드러냈다.

투두두두!

콰가가!

반파된 천장을 통해 또한 수많은 망자들이 끝없이 밀려들기 시작했다.

유신운이 이곳까지 이동하며 지나쳤던 수많은 선인들과 요괴선인들이 모두 충실한 종이 되어 당도하여 있었다.

스아아아!

촤아아!

어느새 유신운은 손에 생과 사를 관장하는 마도서, 네크로노미콘을 꺼내 들고 있었다.

허공을 밟고 올라선 유신운의 발밑으로 늘어선 불멸의 군대가 주인의 명을 기다리고 있었다.

그어어어!

크롸라라!

망자들이 쏟아 내는 귀음이 공간을 뒤흔들고 있었다.

"가라!"

콰가가가!

유신운의 한마디와 함께 수많은 망자들이 혈교주를 향해 달려들었다.

"이 건방진 놈이!"

혈교주는 거친 분노를 토해 내며 적들을 모조리 베어 넘기기 시작했다.

그의 양손에 담긴 사멸의 기운에 닿은 망자들은 가루처럼 흩어졌다.

생전의 모든 권능과 능력을 발휘하며 그에게 달려드는 선인 망자들도 혈교주를 상대하기에는 힘이 모자랐다.

그 광경을 보며 유신운은 이 상황의 해법은 하나밖에 없음을 깨달았다.

'신화경에 든 놈을 이기려면 내 모든 기운을 하나로 융합

하는 수밖에는 없어.'

조화신기, 명왕기, 순마기.

유신운의 근간이 되는 세 기운을 하나로 합치기로 한 것이
다.

하지만 최후의 전투까지 유신운이 미루었던 것은 깨달음
이 부족했기 때문이었다.

성공 확률은 아무리 높게 봐도 5퍼센트도 되지 않았다.

'……하지만 이런 도박을 하지 않고서는 저 괴물을 이길
수 없어.'

유신운의 시선이 혈교주에게로 향했다.

광기에 물든 눈동자로 자신을 바라보고 있는 혈교주는 말
그대로 미쳐 날뛰며 망자들은 모조리 분쇄하고 있었다.

청낭 선의술의 오의를 모두 사용하며 강화시킨 망자들도
발목을 잡는 정도의 위력 그 이상도 이하도 보여 주지 못하
고 있었다.

'고민할 시간조차 없다! 바로 진행한다!'

스아아!

좌아아아!

유신운의 손에 들려 있던 네크로노미콘이 한 장, 한 장 모
두 쪼개져 유신운의 주위를 둘러쌌다.

'크흡!'

유신운은 곧바로 양의신공으로 강제로 나누어 놓았던 벽

을 부수었다.

　댐이 무너지며 쌓여 있던 물이 쏟아지듯이 명왕기가 유신운의 전신에 퍼져 나갔다.

　명왕기는 미쳐 날뛰며 조화신기와 명왕기를 장악하려 했다.

　하지만 조화신기와 명왕기도 가만히 있지 않았다.

　모든 것을 융화시키는 조화신기조차 명왕기의 파괴적인 행보에 제동을 걸었고 순마기는 대놓고 명왕기를 공격했다.

　'크윽!'

　유신운의 내부가 당장이라도 터질 듯이 뒤엉키며 극한의 고통이 찾아왔다.

　유신운은 이를 악물고 융화력을 지닌 조화신기로 나머지 두 힘을 덮으려 했다.

　스아아아!

　콰그그!

　'……!'

　하지만 그건 완전히 잘못된 선택이었다.

　하나의 힘을 선택하자 나머지 두 힘이 연합하며 역효과를 내기 시작한 것이다.

　'융합은 불가능한 것이었나. 이대로 다시 양의신공으로 본래 있던 곳에 나누어 놓아야 하는 건가.'

　지금이라도 돌이킨다면 기운의 소모는 있어도 죽지는 않

을 수 있었다.

하지만 유신운은 수많은 번뇌를 뚫고 과감하게 마지막 선택을 했다.

'아니, 난 돌아갈 길을 없애겠어!'

콰드드득!

그렇게 유신운은 죽음을 각오하고 상중하 단전을 나누는 모든 벽과 혈도를 완전히 부수어 버렸다.

몸 전체를 하나의 단전으로 만들어 버린 것이다.

자신들을 나누고 가두던 벽이 완전히 사라지자 세 기운이 전신의 모든 곳에서 거세게 맞부딪치고 뒤섞이기 시작했다.

'저놈, 설마?'

그러던 그때, 유신운에게 한 걸음씩 다가서던 혈교주의 눈빛이 처음으로 어지럽게 흔들렸다.

혈교주의 사안은 유신운이 지금 무슨 짓을 벌이고 있는지 꿰뚫었다.

'말도 안 돼! 저놈이 어떻게?'

놈은 자신이 한 세계를 멸망시키며 얻은 힘의 근원에 한없이 가까워지고 있었다.

절대로 그렇게 놔둘 수는 없었다.

"유신운-!"

혈교주가 포효와 함께 자신의 모든 기운을 쏟아 냈다.

촤아아아!

쏴아아!

그는 전신에서 검은 광채를 내뿜으며 모습이 빠르게, 전혀 다른 형상으로 변해 가기 시작했다.

콰그그그!

두드득!

천장과 벽을 무너뜨리며 웅장한 크기의 존재가 모습을 드러냈다.

모든 것을 막아 내는 갑옷처럼 온몸을 뒤덮은 황금빛의 비늘.

창공을 뒤덮을 듯 넓게 펼쳐진 거대한 두 날개.

한 세상의 구원자이자 동시에 파괴자였던 용들의 군주(君主).

혈교주, 아니 엘더 드래곤(Elder Dragon)이 강림한 순간이었다.

'조금만, 조금만 더!'

갑작스레 나타난 초월적인 존재의 압도적인 기운에 유신운이 기운의 융합을 서둘렀다.

아주 잠깐의 시간만 있다면 기운을 완성해 낼 수 있었다.

하지만.

-크아아아아!

그런 유신운을 비웃듯, 본 드래곤의 그것과는 비교도 되지 않는 진정한 드래곤 피어가 사방을 덮쳤다.

드래곤 피어는 거대한 충격파가 되어 적들에게 그대로 내리꽂혔다.

혈교주를 막아 세우던 수많은 망자들이 충격파에 휩싸여 흔적도 없이 사라졌다.

콰르르르!

콰가가!

동시에 수천 개의 폭탄이 터진 듯, 거대한 폭발이 일어난 뒤.

스아아!

연기가 사라지자 모든 망자들이 무(無)로 되돌아가 있었다.

그리고 그 폐허 속에서 유신운이 피투성이가 된 채 서 있었다.

"쿨럭!"

유신운이 입에서 피를 쏟으며 한쪽 무릎을 굽혔다.

그런 그의 눈앞으로.

[외부의 방해로 기운의 결합이 실패하였습니다.]
[불완전한 융합의 패널티로 모든 힘이 크게 감소합니다.]

최악의 상황을 알리는 시스템 메시지가 떠올라 있었다.

'일어나야 하는데…….'

유신운은 어떻게든 발버둥을 치며 몸을 일으키려 했지만, 신체의 어떤 부위도 말을 듣지 않았다.

기운의 융합 실패가 가져온 대가는 너무나도 컸다.

'……기운이 모이지 않아.'

헌터로 각성하지 못했던 때로 돌아간 것 같았다. 몸속의 모든 기운이 빠르게 사라져가고 있었던 것이다.

유신운이 어떻게든 모래처럼 흩어지는 기운을 붙잡으려던 그때.

스아아!

콰가가!

강대한 힘이 쓰러져 있던 유신운의 몸을 그대로 끌어당겼다.

"크윽!"

유신운은 어떠한 저항도 하지 못한 채, 신음을 흘리며 허공에 높이 들어 올려졌다.

"클클, 참으로 우스운 꼴이구나, 역천자여."

엘더 드래곤은 열세 장의 거대한 날개를 펄럭이며 그런 유신운을 마주 보며 날아올라 있었다.

망가진 장난감을 보는 것처럼 엘더 드래곤의 얼굴에는 비웃음만이 가득했다.

그때 사이하게 빛나는 놈의 황금빛 눈동자와 유신운의 눈동자가 허공에서 맞부딪쳤다.

'무슨?'

엘더 드래곤은 저도 모르게 흠칫 놀랐다.

죽음의 공포에 질려 있을 줄 알았던 유신운의 눈빛이 이전과 전혀 다르지 않았기 때문이었다.

아니, 오히려 더욱 선명하게 빛나고 있었다.

"……조금만 기다……려라. 금……방 해치워 줄 테니까."

유신운이 힘겹게 말을 내뱉자 엘더 드래곤은 설마 하는 생각으로 유신운의 내부를 관조했다.

그리고 이내 엘더 드래곤의 표정이 차갑게 가라앉았다.

"……끝까지 얄은꾀를 쓰는군."

우우웅!

스아아!

엘더 드래곤이 가볍게 마력을 끌어 올리자 유신운을 압박하던 힘이 수배는 더 강해졌다.

"크아악!"

유신운이 참을 수 있는 한계를 벗어난 고통에 버티지 못하고 신음을 흘렸다.

피투성이가 된 유신운은 외부의 모습뿐 아니라 내부가 더 엉망이었다.

모든 기혈이 산산이 찢겨 있었고 하단전은 깨지기 일보 직전이었다. 게다가 마나 라이브러리까지 기능을 멈춰 있었다.

'건방진 놈.'

그대로 두어도 죽음을 맞이할 녀석이 끝까지 투지를 잃지 않는 모습을 보며 엘더 드래곤은 알 수 없는 불쾌함을 느꼈다.

'끝까지 인간 놈들이 문제로군.'

자신이 건너온 세상, 아르카디아를 정벌하던 때에도 소멸의 직전까지 투항하지 않고 버틴 종족은 오로지 인간들뿐이었다.

휘이익!

쐐애액!

'……하나 그래 보았자 한낱 벌레의 발버둥. 이곳에서도 결과는 마찬가지일 것이다.'

짜증스러운 기억을 떠올린 엘더 드래곤은 마력을 사용해 유신운을 그대로 균열석이 박힌 비석에 처박았다.

쿠웅!

"쿨럭!"

던져지듯 수십 미터를 날아가 비석에 부딪친 유신운은 거대한 충격에 피를 한 움큼 토했다.

스아아!

처처척!

십천군들을 묶었던 사슬들이 살아있는 것처럼 움직이며 유신운의 사지를 포박했다.

점차 흐릿해지는 시야에 유신운이 이를 악물었다.

'……안 돼. 정신을 잃으면…… 끝이다.'

우우웅!

우웅!

하지만 그런 그를 비웃듯 비석의 가운데에 박힌 균열석이 어두운 광채를 발하며 얼마 남지 않은 유신운의 기운마저 **빨**아들이기 시작하고 있었다.

엘더 드래곤이 그런 유신운을 조롱하며 슬며시 다가왔다.

"그곳에 앉아 다가오는 세상의 종말을 지켜보아라."

우우웅!

엘더 드래곤의 말이 끝나자마자 유신운의 눈앞의 허공이 비틀리며 호수의 수면처럼 일렁이기 시작했다.

"……!"

곧이어 그 안에서 비춰지기 시작한 광경을 확인한 유신운의 두 눈이 지진이라도 난 듯이 어지럽게 흔들렸다.

- 크아악!
- 사, 살려 줘!
- 국주님!

그 안에서 보이기 시작한 것은 유신운이 떠나온 인계(人界)의 모습이었다.

수많은 무인이 혈교의 세력에 의해 처참한 모습으로 당하고 있었다.

정사마의 수많은 사람이 적들의 무자비한 살육에 희생당하고 있었다.

비등세조차 유지하지 못하는 까닭은 간단했다.

'……소환수들이 모두 사라……졌어.'

유신운이 힘을 잃자 두고 왔던 소환수들이 모두 역소환되거나 힘을 잃고 파괴되었기 때문이었다.

전투의 곳곳을 비추는 와중에는 유일랑의 모습조차 어느새 사라져 있었다.

유신운은 사람들을 구하기 위해 죽을힘을 다해 기운을 모아 봤지만, 여전히 헛수고로 돌아갔다.

그 광경을 보며 엘더 드래곤이 즐겁다는 듯 웃음소리를 내었다.

"클클, 네놈의 절망한 모습을 상상하니 절로 웃음이 나는구나."

"닥……쳐라."

유신운이 당장이라도 엘더 드래곤을 찢어발기겠다는 눈빛으로 노려보았다.

"역천자여, 재밌는 이야기를 해 주지."

엘더 드래곤의 목소리와 함께 허공의 수면이 흔들리며 인계의 모습이 사라졌다.

그러자 엘더 드래곤이 말을 이어 갔다.

"하나의 차원에는 신이 선택한 세계선의 조율자가 하나씩 존재한다."

'……조율자?'

"그들은 신에게 강대한 힘을 받는 대신 세계의 어떠한 것에도 관여하지 않고 오로지 인과율의 법칙에 따라 차원을 수호해야만 하지."

스아아!

허공의 수면이 흔들리며 유신운이 알지 못하는 세계의 모습이 나타났다.

엘프, 인간, 오크 등 수많은 종족이 어울려 살아가는 세계였다.

"그리고 나의 세계 아르카디아에서는 내가 그 역할을 수행하고 있었지."

수면이 흔들리며 그 세계를 관조하는 엘더 드래곤의 모습이 나타났다.

지금의 흉포한 모습과는 완전히 다른 모습이었다.

"……영겁의 시간을 지키는 동안 하계(下界)의 놈들은 수많은 패악과 악행을 저지르고 또 저질렀다."

그때, 수면의 광경이 또다시 달라졌다.

서로 다른 종족 간의 광기에 물든 전쟁.

한 종족을 멸족시키고도 이어지는 또 다른 싸움.

그 속에서 죽어 가는…… 수없이 많은 죄 없는 이들.

"그저 지켜만 보아야 했지. 벌레들이 세상을 더럽히고 있는 모습을 말이야. 수없이 신에게 빌었다, 이를 바로잡게 해달라고. 하지만 신은 끝내 답하지 않았지. 그래서 나는 선택했다······."

잠시간의 침묵 후, 엘더 드래곤이 나직하게 말을 꺼냈다.

"내가 직접 신이 되어 이 벌레들을 모조리 지워 버리고 새로운 세계를 만들기로."

"······!"

수면에 파문이 일며 새로운 광경이 떠올랐다.

조율자의 자리에서 스스로 내려와 악의(惡意)로 물든 엘더 드래곤이 세상의 모든 것을 잿더미로 만드는 모습이었다.

"하지만 안타깝게도 신이 되는 것은 하나의 세계 가지고는 가능하지 않았다. 하나의 세계가 더 필요했지."

유신운은 놈의 말을 들으며, 어떻게든 사슬을 풀어내려 했다.

하지만 평범한 인간의 힘밖에는 남지 않은 그가 사슬을 풀어낼 방법은 어떤 것도 없었다.

한데 그때였다.

"차원을 넘어오며 많은 힘을 봉인당했지만, 마법도 없는 이따위 세계의 파멸은 어렵지 않을 것 같았다. 하지만 이 세계의 '조율자'가 끝까지 나를 막아 세웠지."

엘더 드래곤의 입에서 나온 조율자라는 말에 유신운의 동공이 흔들렸다.

뇌리에 떠오르는 한 사람이 있었기 때문이었다.

"선계와 인계, 심지어 지옥까지 넘나들며 나를 방해하는 놈 때문에 수많은 시간을 낭비할 수밖에 없었다. 그런데 어느 날, 갑자기 놈이 사라졌지."

'……설마!'

유신운의 추측이 점차 사실로 드러나고 있던 그때.

엘더 드래곤이 충격적인 말을 꺼냈다.

"한데 역천자여, 그놈이 네놈의 곁에 있더구나. 클클, 이것이 무엇을 의미하는지 알겠느냐?"

마침내 유신운은 놈이 말하는 조율자가 누구인지 알아차릴 수 있었다.

'……유일랑!'

그랬다.

그가 스켈레톤으로 소환했던 유일랑이 이 세계를 수호하던 조율자였던 것이었다.

충격적인 사실에 처음으로 유신운의 정신력마저 흔들리고 있었다.

한데 그럴 만도 했다.

엘더 드래곤의 말대로라면…….

"그래, 이 세상의 멸망은 바로 네 녀석의 출현으로 가능해졌다는 얘기다."

엘더 드래곤의 말은 거짓이 아니었다.

멀쩡히 세계선을 지키던 유일랑을 억지로 소환수로서 끌어내는 바람에 차원의 멸망이 실현이 된 꼴이었으니까 말이다.

'나는……!'

정신력이 흔들리자 유신운의 상태가 급속도로 최악으로 치달았다.

우우웅!

우웅!

비석이 유신운의 체내에 깃든 기운을 모조리 빨아들일 기세로 폭주하고 있었다.

그 광경을 보며 엘더 드래곤이 광소를 터뜨렸다.

"크하하, 이제 나는 신이 되……!"

한데 그때였다.

스아아아!

갑작스레 알 수 없는 기운이 등장하며 공간 자체를 뒤흔들기 시작했다.

'무슨?'

엘더 드래곤이 당황한 모습을 감추지 못했다.

균열석의 힘을 담은 비석을 가동시키며 선계에 진입할 수 있는 모든 가능성을 봉인시킨 상태였기 때문이었다.

우우웅!

촤아아아!

그때 유신운의 눈앞에 낯익은 소환진이 모습을 드러냈다.

'……누……구?'

그의 힘은 이미 단 한 줌조차 남아 있지 않은데, 그와 연결

된 소환수가 모습을 드러내려 하고 있었다.

알아차릴 새도 없이 유신운은 의식을 잃었다.

'죽여야 해!'

뒤늦게 정신을 차린 엘더 드래곤이 유신운을 향해 무수히 많은 마법을 포격했다.

"그놈을 구할 수 있을 것 같더냐!"

우우웅!

촤아아아!

순식간에 하늘에 수십 개의 마법진이 그려졌다.

콰가가가!

쿠구구구!

곧이어 그 속에서 9서클의 한계를 넘어선 마법, 과거 하나의 나라를 통째로 지워 버릴 위력을 지녔던 금지된 마법들이 속속들이 등장했다.

하지만 드디어 모습을 온전히 드러낸 존재는.

촤아아아!

콰가가가!

'무슨……!'

단 한 번의 참격으로 그 모든 마법의 포화를 반으로 갈라 버렸다.

그에 멈추지 않고 칠흑의 갑주를 뒤집어쓴 기사(騎士)는 한 손에 천마(天魔)의 상징인 검을 연이어 휘둘렀다.

촤아아!

서거걱!

유신운을 붙들고 있던 거대한 사슬들이 모조리 베어져 바닥에 나뒹굴었다.

처척.

유일랑은 힘없이 떨어지는 유신운을 어깨에 메고 엘더 드래곤으로부터 거리를 벌렸다.

'조율자 놈!'

곧바로 유일랑에게 달려들려던 엘더 드래곤은 행동을 멈출 수밖에 없었다.

우우우웅!

콰드드득!

갑작스레 비석이 미친 듯이 폭주하기 시작했기 때문이었다.

깜짝 놀라 비석을 살핀 엘더 드래곤이 커다란 이상을 발견했다.

'규, 균열석이-!'

비석의 가운데에 박혀 있던 균열석이 반으로 쪼개져 있었던 것이다.

"크아아아! 당장 내놔라!"

엘더 드래곤이 미쳐 날뛰며 유일랑에게 드래곤 브레스를 쏟아 냈지만.

티티팅!

티팅!

하지만 유일랑은 반쪽의 균열석의 힘으로 안이 보이지 않는 반구 형태의 방어막을 형성한 뒤였다.

그때, 칠흑으로 물든 방어막의 내부에서 유신운이 깨어났다.

'……여긴?'

유신운이 의아해하던 찰나.

영혼이 연결된 유일랑의 기억이 밀려 들어왔다.

'……영감님.'

자신을 구한 것이 유일랑이고 현재 곁에 있다는 것을 깨달은 유신운은, 유일랑에게 자신의 뜻을 전달했다.

지금도 겨우 눈을 뜬 것이었다.

죽음이 가까워 오는 것을 느끼고 있었다.

'제가 모든 걸 망쳤습니다. 부디 뒷일을 부탁드립니…….'

그가 유일랑에게 자신의 남은 힘을 건네며 모든 것을 맡기려던 그때.

스아아아!

촤아아!

'……이건? 왜 저에……게?'

오히려 반대로 유일랑이 유신운에게 기운을 넘기기 시작했다.

유신운이 주었던 기운뿐만이 아니었다.

자신이 조율자로서 지녔던 모든 힘을 건네주고 있었다.

파스스!

쿠구구!

영혼이 연결되어 있는 유신운은 자연스레 한 가지 사실을 깨달았다.

'영감님, 이러면 당신이……!'

이 모든 힘을 주면…….

유일랑이 영혼조차 남기지 못하고 완전히 세상에서 소멸된다는 것을 말이다.

유신운의 찢겼던 기혈이, 부서졌던 단전이, 멈추었던 마나 라이브러리가 모조리 되살아나고 있었다.

그리고 반대로 유일랑의 모든 것이 가루가 되어 사라지고 있었다.

'아, 안 돼.'

유신운이 유일랑이 사라지는 것을 보며 절망하던 그때.

스윽.

유일랑이 마지막으로 남은 오른손으로 유신운의 머리를 연신 쓰다듬었다.

정말로 사랑하는 자신의 손자에게.

마지막 인사를 건네는 것처럼…….

"크윽! 처음부터 목적이 그놈을 미끼로 주고 균열석을 파괴하는 것이었나!"

엘더 드래곤이 어찌할 바를 모르며 형성된 반구의 방어막을 어떻게든 해제하려 발버둥을 치고 있었다.

엘더 드래곤은 알 수 없는 불안감을 느끼고 있었다.

무언가 안에서 상황이 벌어지고 있는 것 같았지만, 내부의 어떠한 것도 보이지 않고 있었기 때문이었다.

한데 그때였다.

우우우웅!

콰가가가!

'무슨!'

엘더 드래곤이 방어 태세를 취하기도 전에 방어막이 산산이 부서지며 거대한 폭발이 터져 나왔다.

지근거리에서 방어막을 공격하던 엘더 드래곤은 피할 새도 없이 모든 폭발의 충격을 받아 내야만 했다.

"크아아악!"

엘더 드래곤이 처음으로 고통에 찬 신음을 쏟아 냈다.

'……말도 안 돼, 크윽!'

놀랍게도 유신운이 조금도 상처입히지 못했던 엘더 드래곤의 스케일이 모조리 찢겨 상처가 나 있었다.

그리고 다음 순간.

"혈교주-!"

정체를 알 수 없는 미지의 기운을 쏟아 내며, 유신운이 엘더 드래곤에게 전광석화처럼 날아들었다.

'무슨-?'

"크억!"

엘더 드래곤이 생각을 끝내기도 전에 유신운의 권격이 머리를 강타했다.

쿠웅!

콰아아앙!

폭탄이 터지는 것 같은 거대한 폭음과 함께 성채와 같은 엘더 드래곤의 거체가 그대로 뒤로 넘어가 마지막으로 남아 있던 벽을 박살 냈다.

"끄으으으."

일격에 쓰러져 고통에 찬 신음을 쏟아 내는 엘더 드래곤을 바라보며 어느새 머리카락이 백발(白髮)이 된 유신운이, 그 머리 색과 같은 흰 광채를 전신에서 뿜어내고 있었다.

쐐애액!

촤아아아!

유신운은 멈추지 않고 또다시 이전과 같이 빛살처럼 날아들었다.

퍼퍽!

퍼퍼퍽!

벽에 처박힌 엘더 드래곤에게 유신운의 권격이 무자비하게 이어졌다.

엘더 드래곤은 제대로 된 저항도 못 한 채 모든 공격을 허용하고 있었다.

콰드드득!

쨍강!

그 어떤 물리 공격도 방어해 내었던 드래곤 스케일이 유신운의 일 권마다 산산조각이 나고 있었다.

'마, 말도 안 돼!'

그에 엘더 드래곤은 당혹감을 숨길 수 없었다.

유신운의 빠르기를 눈으로 좇을 수조차 없었던 것이 첫 번째 이유였고.

우우웅!

피시식!

'……마력이 소멸되고 있다고?'

유신운의 주먹에 맞을 때마다 끌어 올린 자신의 기운이 흔적도 없이 사라지고 있었던 것이 두 번째 이유였다.

'이건 위험하다!'

유신운의 전신에서 뿜어져 나오는 저 백색의 광채.

엘더 드래곤은 그 미지의 기운을 보며 단 한 번도 느껴 보지 못한 감정을 느끼고 있었다.

그리고 다음 순간.

"그아아아!"

콰르르르르!

콰아아앙!

엘더 드래곤은 그 감정을 떨쳐내려 남아 있는 기운을 어떻게든 끌어내 드래곤 피어를 쏟아 냈다.

순간 엘더 드래곤으로부터 거대한 충격파가 사방으로 터져 나왔다.

파스스!

콰아앙!

비석을 제외한 주변의 모든 것이 충격파에 산산이 부서져 가루가 되어 흩날렸다.

'어디, 어디에 있느냐!'

엘더 드래곤이 급히 사방을 훑었다.

하지만 텅 비어 버린 공간 어디에도 유신운의 모습은 보이지 않았다.

"으아아! 어디에 있는 거냐! 당장 균열석을 내놔라!"

쐐애애액!

콰가가가!

엘더 드래곤은 광기에 물든 모습으로 이전의 배 이상의 마법진을 허공에 그려 냈다.

선계 전체를 붕괴시킬 정도의 파괴적인 마법들이었다.

스스스!

파밧!

그러나 그때, 본래부터 그곳에 있었다는 듯 창공에 유신운이 모습을 드러내었다.

'무슨?'

포화의 중심에 불쑥 모습을 나타낸 유신운을 본 엘더 드래곤은 당황을 감추지 못했다.

하나 유신운은 놈의 그런 반응 따위는 신경도 쓰지 않은 채, 마력의 폭풍을 향해 자신의 검을 높이 들어 올렸다.

파스스스!

콰르르르!

백색의 뇌전(雷電)이 깃든 유신운의 검이 한 줄기 뇌성을 쏟아 내자.

'마, 말도 안 돼!'

엘더 드래곤이 속으로 비명을 내질렀다.

쐐애애액!

모든 마법 포격이 내리꽂히는 경로가 뒤바뀌어 있었다.

한순간에 그가 펼쳤던 모든 마법들이 유신운의 것이 되어 버린 것이다.

하지만 당황도 잠시.

이내 엘더 드래곤은 정신을 차렸다.

'멍청한 놈! 모든 마법은 나의 것, 어떤 것도 나에게 타격

을 입힐 수 없……!'

파즈즈즈!

콰아아앙!

"끄아아아!"

마법 공격에 적중당한 엘더 드래곤이 이전보다 더한 신음을 쏟아 냈다.

어느새 마력 구조가 뒤바뀌어 있었다.

유신운의 전신을 휘감고 있는 미지의 기운을 근원으로 삼는 마법들은 자신의 원주인에게 거대한 상처를 남기고 있었다.

아직까지도 폭우(暴雨)처럼 쏟아지는 마법들을 등지고, 유신운은 얼음장처럼 차가운 시선으로 그런 엘더 드래곤을 내려다보고 있었다.

'영감님의 희생 덕분에 모든 기운이 하나로 합쳐졌어.'

세 가지의 기운이 미쳐 날뛰던 유신운의 내부는 단 하나의 기운만이 흘러넘치고 있었다.

'이 기운은 이름은…….'

그리고 유신운은 이 미지의 기운이 가진 본래의 이름을 저절로 깨닫게 되었다.

원기(元氣).

차원을 구성하는 가장 순수하며 근원적인 기운.

지닌 자를 신의 영역에 닿게 해 주는 영원불멸의 힘을, 자신은 손에 넣어 있었다.

하지만 유신운은 조금도 기쁘지 않았다.

그의 한쪽 손에 반으로 쪼개진 균열석이 영롱한 빛을 내뿜고 있었다.

'……영감님.'

유신운이 존재가 소멸된 유일랑을 그리던 그때.

콰르르르!

콰가가가!

모든 마법의 포격이 끝난 아래에서 거대한 기운이 파도처럼 뿜어져 나왔다.

"크아아아! 죽여 버리겠어!"

엘더 드래곤이 유신운을 향해 흉포한 울음을 토해 내며 살의를 드러냈다.

하지만 엘더 드래곤의 상태는 처참하기 짝이 없었다.

절반에 달하는 드래곤 스케일이 벗겨져 나갔고, 살덩이가 움푹 파인 곳곳에서 피가 줄줄 흐르고 있었던 것이다.

"그아아!"

순식간에 날아오른 엘더 드래곤이 작은 산 만한 크기의 꼬리를 유신운에게 그대로 휘둘렀다.

콰르르르!

바람이 찢어지는 거친 파공성과 함께 유신운의 전신을 꼬리가 해일처럼 덮쳤다.

그대로 맞았다가는 흔적도 남기지 못하고 터져 버릴 위력을 담고 있었지만.

'네놈 몸뚱어리의 모든 부위를 산산이 찢어발겨 영감님의 혼을 달래겠다!'

파바밧!

촤아아!

유신운은 도리어 자신을 향해 날아드는 꼬리를 향해 몸을 던졌다.

파즈즈즈!

콰가가!

유신운이 인간의 한계를 넘어 신의 영역을 넘보는 **빠르기**로 일단의 검무(劍舞)를 펼치기 시작했다.

뇌운십이검 신운류.

완성결(完成結).

무무(武無).

그가 뻗는 검무의 한 소절, 한 소절이 모두 새로운 초식이 되어 펼쳐진다.

유신운이 후반결마저 초월하여 뇌운십이검이 담고 있는 모든 것을 깨달은 순간.

그는 천둥(雷)이 되었고…….

'……!'
엘더 드래곤의 날개가 모조리 찢겨 나갔다.
하늘을 날던 거체가 힘없이 지면으로 꼬꾸라졌다.

구름(雲)이 되었으며…….

"커−걱!"

하늘에서 내리꽂히는 수천의 뇌검(雷劍)이 엘더 드래곤의
사지에 내리꽂혔다.
팔과 다리는 잘려 나가 바닥을 나뒹굴었고, 눈과 얼굴을
포함한 모든 부위에 뇌검이 박혀 뜨거운 열기를 토해 내고
있었다.

끝내 칼(劍)이 되었다.

촤아아아!
푸푸푹!
'끄, 끄륵!'
한 줄기 유성(流星)처럼 날아든 유신운이 하나의 검이 되어

엘더 드래곤의 심장을 깊숙이 찔렀다.

자신을 구성하는 모든 것이 끔찍한 비명을 내지르자.

엘더 드래곤은 자신이 끝없이 부정하던 감정을 인정할 수밖에 없었다.

죽음의 공포.

엘더 드래곤은 유신운을 보며 끔찍한 공포를 느끼고 있었다.

"끄으으, 끄으."

유신운은 놈을 완벽히 포박한 채, 어느새 본신의 형상으로 돌아가 천천히 다가섰다.

푸욱!

"끄아아악!"

그러곤 손을 뻗어 한 줌으로 쪼그라든 놈의 심장을 꺼내 들었다.

엘더 드래곤의 모든 힘을 담고 있는 드래곤 하트였다.

유신운이 비릿하게 웃으며 말을 꺼냈다.

"이게 네놈의 알량한 힘의 근원이냐?"

"……그……건, 안……돼."

곧 이어질 유신운의 행동을 깨달았는지 엘더 드래곤이 비참한 표정으로 말을 더듬었다.

콰드드득!

콰드득!

"끄르, 끄그극!"

유신운이 드래곤 하트를 쥔 손에 원기를 불어 넣을 때마다 엘더 드래곤이 고통에 찬 신음을 쏟아 냈다.

그리고 마침내.

콰가가!

퍼어어엉!

유신운의 손에서 드래곤 하트가 폭발하며 흔적도 없이 사라졌다.

콰르르르!

스아아!

그 순간, 드래곤 하트가 사라진 곳에서 기운의 와류가 발생하며 엘더 드래곤의 육체를 그대로 집어삼키기 시작했다.

파밧!

유신운이 진각을 박차며 뒤로 물러났다.

거대한 기운의 와류에 순식간에 엘더 드래곤의 육체가 소멸하기 시작했다.

그렇게 적을 해치운 것 같았지만, 유신운은 조금도 긴장을 풀지 않았다.

'……아직 끝나지 않았어.'

육체가 소멸했다고 해도 아직 끝나지 않은 것을 본능적으로 깨달은 것이다.

스아아아!

아니나 다를까, 격류의 중심에서 사이한 기운이 아지랑이 처럼 일렁이기 시작했다.

그것은 다름 아닌.

-이, 인간 따위가…… 가, 감히…… 나를……!

엘더 드래곤의 영혼이었다.

자신이 육체를 완전히 잃었다는 것을 뒤늦게 깨달은 엘더 드래곤이 분노를 토해 냈다.

스르릉!

유신운은 그 모습을 보며 회월을 다시 높이 들어 올렸다.

엘더 드래곤의 영혼에는 현경의 무인 정도에 불과한 힘만 이 남아 있었다.

"잘됐군. 혼마저 깨끗이 지워 버려 주마."

원기를 끌어 올리며 단번에 엘더 드래곤의 영혼을 베어 내 려던 그였지만.

-과연…… 그……럴, 수 있을……까.

그때, 빠르게 뒤로 물러선 엘더 드래곤의 영혼이 알 수 없 는 말을 꺼냈다.

-날 죽……이면…… 조율자……를 살릴 수 없……을걸.

"……!"

존재가 소멸한 유일랑을 살릴 수 있다는 말에 유신운이 자 리에 우뚝 멈췄다.

스아아!

순간, 엘더 드래곤의 영혼이 사이하게 빛나며 유신운에게 익숙한 기운을 뿜어내기 시작했다.

'저건!'

유신운이 지닌 균열석에서 내뿜어지는 기운을, 놈이 그대로 쏟아 내고 있었다.

놈이 자신의 세계에서 흡수했던 균열석이 영혼에 깃들어 있는 모양이었다.

'저게 있으면-!'

그렇게 유신운이 잠시 판단력이 흐려진 찰나의 순간.

스아아아!

콰가가!

엘더 드래곤의 영혼이 마지막으로 남은 힘으로 수작을 부렸다.

우우웅!

콰가가가!

'이건!'

균열석이 반으로 쪼개지며 비석의 폭주가 걷잡을 수 없이 빨라졌다.

콰드드드득!

콰지지직!

그와 동시에 엘더 드래곤의 영혼 옆의 공간이 산산이 부서지고 어그러지며 새로운 차원의 균열이 발생했다.

차원의 균열 저편으로 보이는 곳은 다름 아닌 유신운이 넘어온 현대의 차원이었다.

순간 엘더 드래곤의 영혼이 빠르게 균열 속으로 몸을 날렸다.

'……!'

유신운은 선택해야 했다.

비석의 폭주를 멈출 것인가.

아니면 엘더 드래곤의 영혼을 붙잡을 것인가.

하지만 유신운이 할 수 있는 선택은 하나뿐이었다.

처척!

빛살처럼 빠르게 움직인 유신운이 손에 쥐고 있던 반쪽의 균열석을 비석에 꽂아 넣었다.

우우웅!

우웅!

공명음과 함께 비석이 천천히 안정화되고 있었다.

유신운이 엘더 드래곤이 있던 곳으로 눈을 돌렸다.

'이런!'

하지만 엘더 드래곤의 영혼은 이미 차원의 균열 속으로 들어간 지 오래였다.

하지만 어쩔 수 없었다.

비석의 폭주를 멈추지 않으면 인계가 소멸될 위기였기 때문이었다.

스아아!

엘더 드래곤이 들어간 차원의 균열이 서서히 사라지고 있었다.

'……어떻게 해야 할까.'

비석의 폭주를 멈추고 엘더 드래곤을 처치했으니, 혈교주의 힘에 의해 움직이던 모든 병력은은 소멸했을 것이었다.

전쟁은 모두 끝났다.

이대로 강호로 돌아간다면 유신운은 이제 모든 영광 속에서 행복하게 살 수도 있고.

이 천외(天外)의 힘을 키워 신에 도전할 수도 있다.

그러나…….

"후우, 어쩌다 보니 두 개의 복수를 한꺼번에 할 수도 있겠군."

유신운은 차원의 균열 쪽으로 몸을 돌렸다.

어차피 그 모든 것은 유일랑의 존재를 부활시키고도 가능한 일이었다.

'조금만 기다리쇼, 영감님.'

그 생각을 마지막으로.

우우웅!

촤아아아!

유신운 또한 차원의 균열 속으로 들어섰다.

대한민국, 안산 게이트.

"허억, 헉!"

땀을 뻘뻘 흘리며 이십 대로 보이는 여헌터가 동굴 속을
질주하고 있었다.

하얗게 질린 얼굴로 쉬지 않고 달리는 그녀는 두 눈이 공
포에 질려 있었다.

"꺄아!"

그때 여헌터가 비명을 지르며 넘어졌다.

그 바람에 그녀가 한 손에 꼭 쥐고 있던 단검이 던전의 저
편으로 나뒹굴었다.

'이, 이건?'

시선을 내린 여헌터의 표정에 절망이 내려앉았다.

땅바닥에서 갑자기 솟구친 검은 안개로 이루어진 손아귀
가 여자의 발목을 붙잡고 있었다.

"아, 거참…… 어차피 붙잡힌다니까. 더럽게 멀리도 도망
치네."

곧이어 해골 스태프를 쥔 중년의 사내가 동굴 속에 모습을
드러냈다.

한눈에 보아도 여헌터보다는 훨씬 높은 기량을 지니고 있
었다.

무림세가
전생랭커

"아, 아티팩트는 모두 넘겼잖아요. 왜, 왜 이러세요."

"흐흐, 아가씨, 아티팩트가 문제가 아니라니까?"

중년 사내의 눈이 겁에 질린 여헌터의 몸을 징그럽게 훑어내렸다.

곧이어 펼쳐질 끔찍한 상황을 예상한 여헌터의 눈에서 눈물이 흘러내렸다.

한데 그때였다.

푸푹!

"크아악!"

천천히 다가서던 중년 사내가 비명을 지르며 뒤로 물러났다.

'뭐, 뭐지?'

여헌터는 어리둥절할 따름이었다.

그녀가 놓쳤던 단검이 그림자로 뒤덮인 동굴 뒤편에서 날아와 중년 사내의 어깨에 꽂혀 있었다.

"흠, 힘의 제약은 어쩔 수 없나 보군."

그때 뒤에서 젊은 남자의 목소리가 들려왔다.

'누구?'

여 헌터는 갑작스레 나타난 남자를 보며 두 눈을 끔뻑이고 있었다.

자신 또래로 보이는 남자는 이상하게도 조선 시대의 사극 복장을 하고 있었던 것이다.

"크윽, 이 개자식이! 감히 내가 누군지 알고!"

우우웅!

중년 사내가 스태프에 마력을 불어 넣으며 스킬을 시전했다.

스으으!

따닥!

열 구의 스켈레톤 아처가 소환진에서 모습을 드러냈다.

처척!

스켈레톤 아처들이 일제히 들고 있던 석궁을 남자에게 겨누었다.

"인과율을 뭉개 버리고 모든 힘을 되찾으려면……. 흐음, 이 주 정도인가."

하지만 젊은 남자는 그들을 쳐다도 보지 않으며 알 수 없는 말을 내뱉을 뿐이었다.

그러자 중년 사내가 빠득, 소리 나게 이를 갈며 남자에게 소리쳤다.

"감히 대(大)그리핀 길드의 헌터를 습격하고도 네놈이 멀쩡할 것 같으냐!"

"……그리핀?"

그러자 처음으로 젊은 남자가 반응했다.

자신의 의도대로 상대가 겁을 집어먹은 것으로 알았는지 중년 사내가 의기양양하게 뒷말을 이어 나갔다.

"그래! 내가 바로 세계 제일의 길드인 그리핀의 7조 부조장……! 흐, 흐읍!"

처척!

처처척!

동굴 뒤편의 그림자 속에서 그의 소환수와는 비교도 되지 않는 사령 군단이 끝없이 나타났다.

"히, 히익!"

자신의 스켈레톤과는 비교도 되지 않는, 괴물들이 쏟아 내는 압도적인 기운에 중년 사내가 전의를 상실하고 제자리에 쓰러졌다.

그 모습을 보며 '유신운'이 비릿한 미소를 지어 보였다.

"복수의 시작이 좋군."

불사왕(不死王)이 죽음의 신(死神)가 되어 현대에 돌아온 순간이었다.

《무림세가 전생랭커》 외전으로 이어집니다

꿈의 도약, 로크에서 하십시오
(주)로크미디어에서 신인 작가를 모십니다

즐거운 세상, 로크미디어는 꿈을 사랑하고 도전을 두려워하지 않는 작가 분들의 참신한 작품을 기다리고 있습니다. 21세기 장르 문학계를 이끌어 갈 차세대 선두 주자 (주)로크미디어에서 여러분의 나래를 활짝 펴 보시길 바랍니다.

모집 분야 판타지와 무협을 포함한 장르 문학
모집 대상 아마추어 작가, 인터넷 작가
모집 기한 수시 모집
작품 접수 시 유의 사항
   1. 파일명은 작가명_작품명.hwp형식을 갖춰 주십시오.
   1. 파일에 들어갈 내용은 다음과 같습니다.
      − 성명(필명인 경우 실명을 밝혀 주세요), 연락처, 이메일 주소
      − 제목, 기획 의도
      − A4용지 1장 분량의 등장인물 소개
      − A4용지 2장 분량의 전체 줄거리
      − 본문
   1. 작품이 인터넷에 연재되고 있다면, 게시판명과 사이트의 구체적이고 정확한 주소를 기재해 주십시오.

선택된 작품은 정식 계약 후 출판물로 간행되어 전국 서점에 유통됩니다.
작가 분은 (주)로크미디어의 전폭적인 지원하에 전속 작가로 활동하시게 됩니다.
※ 자세한 내용은 로크미디어 홈페이지(rokmedia.com)를 참조하세요.

(04167)서울시 마포구 마포대로 45 일진빌딩 6층
(주)로크미디어 편집부 신간 기획 담당자 앞
전화 : 02) 3273-5135
www.rokmedia.com   이메일 : rokmedia@empas.com

One for all
원포올

일라잇 스포츠 장편소설

작렬하는 슛, 대지를 가르는 패스
한계를 모르는 도전이 시작된다!

축구 선수의 꿈을 품은 이강연
냉혹한 현실에 부딪혀 방황하던 중
운명과도 같은 소리가 귓가에 들어오는데……

당신의 재능을 발굴하겠습니다!
세계로 뻗어 나갈 최고의 축구 선수를 키우는
'One For All' 프로젝트에, 지금 바로 참가하세요!

단 한 번의 기회를 잡기 위해
피지컬 만렙, 넘치는 재능을 가진 경쟁자들과
최고의 자리를 두고 한판 승부를 벌인다!

실력만이 모든 것을 증명하는
거친 그라운드에서 당당히 살아남아라!